KB198078

별 따는 복권방

으잉, 뭐야? 이거.

별 따는 복권방

성리현 장편소설

부어라, 카! 마셔라, 카!

송구리 당당 송당당, 로또 1등 송당당

1등이야, 1등. 처음 나왔어!

의 입에서 신음 같은 탄성이 흘러나왔다

"형님 대박이 곧 저의 대박입니다.

문학
순간

목차

잡히기만 해봐라

"으잉, 뭐야? 이거."

민구의 눈이 번쩍 뜨였다. 로또 추첨이 끝난 지 30분 지난 토요일 밤. 그는 그때쯤 공지되는 1등 판매점을 알아보기 위해 로또 시행사인 동행복권 사이트를 살피고 있었다.

"1등이야, 1등! 우리 복권방에서 처음 나왔어!"

어린애처럼 손뼉까지 막 치던 민구는 혹시 잘못 봤나 싶어 몇 번이고 다시 보았다. 틀림없었다. 이번 주 로또 1등을 배출한 여덟 개 판매점 명단에 자신이 운영하는 노다지 복권방이 올라와 있었다. 서울시 노원구 공릉동 1487-123 공릉빌딩 1층. 한 치의 오차도 없는 주소를 달고. 당첨 복권 수는 여덟 장. 한 장당 당첨금은 29억 3천 5백87만 원이었다.

그동안 2등만 세 번 나왔을 뿐, 1등은 한 번도 안 나오길래 대박과는 인연이 먼가 보다 했다. 그런데 이런 경사가 터지다니. 민구는 두 주먹을 부르르 떨며 나지막이 소리쳤다. 이제 우리 복권방도 명당이 된 거라고. 로또 1등 명당!

민구가 노다지 복권방을 차린 건 17년 전이었다. 수도권 G대 국문과 출신인 그는 졸업 후 취직을 못 해 빌빌대다 '빅스타'라는 연예 잡지의 기자 자리를 겨우 얻었다. 빅스타는 저속하고 선정적인 보도를 일삼는 소위 옐로우 매거진이었지만 열독률 높은 독자층을 꽤 확보하고 있었다. 기자로서 사명감이나 자긍심은 떨어져도 월급만은 밀리지 않고 나오던 괜찮은 직장이었다. 하지만 빅스타는 급변하는 시대 흐름에 떠밀려 좌초하고 말았다. 2000년대 들어 한 달이 멀다 하고 생겨난 연예 사이트들에 밀리기 시작하더니 스마트폰이 등장한 뒤론 아예 설 자리를 잃어버렸다. 결국 민구가 입사한 지 5년도 안 돼 폐간의 운명을 맞고 말았다.

삼류 잡지 기자 출신의 허접한 필력을 받아주는 새 직장은 아무 데도 없었다. 이력서 백날 내봐야 면접 보러 오라는 연락 한번 오지 않았다. 실의에 빠진 민구를 구한 건 대학 시절 단짝 친구 경식이었다. 동두천 터미널 인근의 행운 복권방 주인인 경식은 2000년대 초 로또 사업이 출범할 때 수십 대 1의 경쟁률을 뚫고 판매인이 된 행운아였다. 당시만 해도 로또 판매점을 신청하는 데 아무런 자격 제한이 없었기에 가능한 일이었다.

경식이 전화를 걸어온 건 민구가 사는 빌라 담벼락에 노란 개나리가 피던 어느 봄날이었다.

"이번에 로또 판매점 새로 모집하는데 너도 신청해 보는 게 어때? 맨날 방바닥만 긁지 말고 말이야."

"로또 판매점? 그거 극빈층이나 장애인들만 신청할 수 있는 거 아니냐? 너는 일반인으론 처음이자 마지막으로 된 케이스라며?"

민구가 심드렁하게 대꾸하자 경식의 음성이 한 톤 높아졌다.

"야, 너희 아버지 국가 유공자시잖아. 국가 유공자도 로또 판매점 신청할 수 있어. 뽑히면 가게 운영은 네가 하란 말이야. 가족관계 증명서만 비치해 두면 돼."

민구의 아버지는 1970년대 초 월남전에 파병돼 적지 않은 전투를 치렀지만, 별다른 부상 없이 1년 2개월 뒤 귀국했다. 제대 후 막노동판을 전전하는 동안에도 고엽제 후유증 같은 건 나타나지 않았다. 참전 유공자에 머물러

있던 아버지는 훗날 관련 법률 개정에 따라 국가 유공자로 격상됐다. 바로 그 국가 유공자라는 타이틀이 아들의 인생 2막을 활짝 열어젖힌 것이다.

결국 민구는(정확히 말하면 아버지는) 공릉동의 신규 6개 판매점 가운데 한 군데의 주인공이 됐고, 얼마 뒤 동네 사거리 인근 골목에 복권방을 오픈했다. 3층짜리 상가 건물 중 1층의 끝에서 두 번째 점포로 기존 로또 판매점에서 200미터 이상 떨어져야 한다는 규정을 충족하는 자리였다. 원조 주꾸미, 행복 고시원, 신나라 노래방, 공릉 부동산 등이 양쪽으로 늘어서 있어 유동 인구도 꽤 되는 곳이었다.

민구는 이듬해 스포츠토토 신규 판매인에도 이름을 올렸다. 복권방 원조인 경식의 전철을 그대로 밟은 것이었다. 토토는 로또와 달리 자기 이름으로 신청할 수 있었는데 대신 기본 자격이란 게 있었다. 기존 토토 판매점에서 200미터 벗어난 자리에 다른 매출이 일정 정도 발생하는 점포를 갖고 있어야 했다. 민구 입장에서 해석하자면 자기 같은 복권방 주인이 토토를 판매할 최적임자라는 소리였다.

"자자, 로또 명당도 선전을 잘해야 빛이 나지."

민구는 흥분을 가라앉히며 '장경식'을 찾기 위해 휴대

폰을 열었다. 그동안 1등을 세 번이나 배출한 사장님한테 자랑도 할 겸 배너와 현수막 제작 노하우를 듣고 싶었다. 어떤 이미지 하나가 머리를 팡 때린 건 첫 초성 ㅈ을 누르려던 찰나였다. 맞다! 아까 사진 찍어둔 로또!

민구는 "호, 혹시" 하고 낮게 소리쳤다.

"그게 1등 된 거 아니야?"

민구는 서둘러 휴대폰 갤러리를 열었다. 그리고 사진 찍어둔 로또의 번호와 이번 회차 1등 당첨 번호를 하나하나 대조해 보았다. 다섯 개 줄 중 세 번째 줄이 심상치 않았다.

5, 16, 20…. 설마, 했던 입속말이 어어어! 하는 탄성으로 바뀌었다. 털이란 털은 다 일어섰고 눈은 튀어나오기 일보 전이었다. … 35, 38, 42!

"우와! 1등이다!"

온몸에 소름이 쫙 돋았다. 심장은 심장대로 요란하게 펌프질 쳤다. 그랬지만, 거리로 뛰쳐나가 만세를 불러도 시원찮았지만, 거의 동시 타임으로 떠오른 생각 하나가 오두방정을 막았다.

급기야 민구는 자신의 옆통수를 주먹으로 퉁 내리쳤다. 칼에 찔린 것보다 더 아픈 신음이 튀어나왔다. 으으, 내가 왜 그랬을까…. 그걸 왜 그놈한테 팔았을까….

불과 1시간 20분 전이었다.

저녁 8시 갓 지났을 때 민구는 로또 단말기 뒤통수에 붙어있던 로또 한 장을 떼려고 카운터를 벗어났다. 추첨 때문에 8시에 판매 마감하는 토요일, 더 놔둬 봐야 찾는 손님도 없을 테니까.

그렇게 하는 건 일종의 서비스 마케팅이었다. 로또 여섯 장을 미리 뽑아 단말기 뒤통수에 붙여놓으면 한시가 급한 손님들은 그걸 떼어 사곤 한다. 복권방 앞에 잠시 차를 세워놓고 들어오는 경우처럼 말이다. 요즘엔 그냥 눈에 보이니까 떼는 손님도 늘고 있다. 그럭저럭 다 팔리긴 하지만 간혹 안 팔리고 남는 경우도 있다. 그럴 땐 좋든 싫든 민구가 가질 수밖에 없다. 십중팔구 꽝이고 끽해야 5등이지만 '혹시 알아, 대박 터질지' 하는 일말의 기대감을 은근 품기도 한다.

바로 그 남은 한 장을 떼려는데 누군가 헐레벌떡 들어오는 소리가 들렸다. 흘끗 돌아보니 진오였다. 동네 후배인 태산의 소개로 알게 된 친구로 나이는 민구보다 네 살 적다. 이따금 복권방에 놀러 와 "형님, 형님" 하며 곰살맞게 굴길래 민구도 스스럼없이 대하던 터였다.

"저기, 로또 주세요, 로또."

진오가 다급하게 말했다. 트레이드 마크인 딱부리눈이 애절한 빛을 띠고 있었다. 민구는 얘가 뭘 모르네, 하는 얼굴로 대꾸했다.

"야, 끝났어. 토요일은 8시에 판매 마감인 거 몰라?"

"알죠. 아는데, 그거 있잖아요, 컴퓨터 뒤에 붙여놓는… 그거요 그거."

이거? 민구가 로또를 떼서 살짝 흔들었다.

"이건 내가 가지려 했는데."

"아니에요, 저 주세요. 만 원에 살게요. 거스름돈 필요 없어요."

왜 이래? 대박 꿈이라도 꿨나? 민구가 미간을 살짝 좁히자 그가 서둘러 덧붙였다.

"마감은 지났어도 8시 전에 뽑아 놓은 거니까 팔 수 있잖아요. 원하는 손님한테 팔아야죠."

그래, 어차피 맞지도 않을 거 얘한테나 넘기자. 그 생각과 뒷생각의 간격은 1초가 채 되지 않았다. 그래도 혹시 알아? 대박 맞을지. 그러니 '보험'을 들어놓자

"좋아. 너한테 팔게. 대신 조건이 있다. 만약 이게 1등이나 2등에 당첨되면 너랑 나랑 반띵하기. 오케이?"

"아이고 형님, 부정타게시리. 그냥 팔면 되지. 거스름돈도 안 받겠다는데."

"싫어? 싫으면 관두든가."

민구가 로또를 주머니에 넣으려 하자 그가 바로 꼬리를 내렸다.

"네네, 그렇게 해요. 1등이나 2등 나오면 반띵. 약속합

니다.”

이제 그만 거래를 성사시킬까 하는데 이번엔 ‘안전장치’가 떠올랐다. 로또를 건네던 민구는 아차, 하며 손을 멈췄다. 진오 손에 다 들어갔던 로또가 급히 유턴했다.

“깜빡했네. 이거 사진 찍어놔야겠다. 그래야 당첨됐는지 안 됐는지 내가 알지.”

진오의 입가가 어색하게 일그러졌다. 그러거나 말거나 민구는 휴대폰으로 로또 사진을 찍었다. 문제의 로또와 만 원의 교환은 그렇게 몇 단계 절차 끝에 이뤄진 것이었다.

로또를 주머니에 챙겨 넣은 진오가 그제야 냉온수기 물 한 컵을 들이켜더니 의자에 털썩 앉았다. 잠시 뒤 그의 입에서 휴, 하는 안도의 숨에 이어 헐레벌떡 뛰어온 사연이 흘러나왔다.

아까 7시 50분쯤이었다. 동네 주점에서 태산과 술 한잔하고 있는데 세 살 터울 여동생한테 전화가 왔다, 6년 전에 돌아가신 아버지가 어젯밤 꿈에 나타났다는 것이었다. 황금돼지 목걸이 6개를 찬 아버지가 옛날 집 마당에 돌멩이 6개를 던지고 사라졌다, 여동생이 주우려고 만지는 순간 모두 황금으로 변했다나. 그러면서 자기는 로또를 샀으니 오빠도 얼른 사라는 거였다.

6년 전 아버지… 돼지 목걸이 6개… 돌멩이도 6개… 로또 번호도 6개. 대박 예감이 진오를 훑고 지나갔다. 그새 시간은 흘러 로또 판매 마감까지는 8분 남았다. 얘기를 들은 태산이 당장 노다지 복권방으로 튀어가라고 했다. 설령 늦어도 컴퓨터 뒤에 붙여놓은 로또 남아있을 거예요. 다른 사람에게 팔지 말라고 전화해 놓을게요. 그 말을 뒤로 한 채 눈썹이 휘날리도록 뛰어왔다는 사연이었다.

어? 태산이 전화 안 왔는데? 민구는 반문하려다 그만뒀다. 진오에게 속으로 혀를 차는 게 더 급해서였다. 별 얘기도 아닌 것 갖고 호들갑 떨기는. 아서라, 너처럼 조상꿈 들먹인 사람치고 1등 당첨되는 거 한 번도 못 봤다. 그렇지만 벌써부터 횡재한 듯 큰 눈을 끔벅이는 녀석의 기분은 맞춰줘야 할 것 같았다.

"1등 맞을 거야. 설마 아버님이 자식 꿈에 헛걸음하셨겠냐? 꼭 맞을 거라고."

맞기는 개뿔. 반사적으로 튀어나오려는 말을 가까스로 참았다. 진오가 가고 난 뒤에도 민구는 로또 추첨 방송은 쳐다보지도 않았다. 8시 40분에 시작한 프리미어리그 토트넘대 리버풀경기를 시청하며 드문드문 손님들을 맞았다. 전반전이 끝났을 때 시계를 보니 1등 판매점 공지 타임이 꽤 지나 있었다. 민구는 1등 판매점이나 훑자는 마음으로 동행복권 사이트를 접속했다. 그랬다가 별의별 경험을 다 하게 된 것이다. 어린애처럼 손뼉을 막 쳤다가,

사진 찍어둔 로또가 1등 맞은 사실에 눈알이 튀어나올 뻔했다가, 그걸 왜 팔았을까 하며 칼에 찔린 듯 깊은 신음을 내뱉고 만 거였다.

그래도 시간이 지나니 마음이 차츰 가라앉았다. 그래, 절반이라도 먹는 거에 만족하자. 못 돼도 10억은 될 것이다. 민구는 자신의 몫이 정확히 얼마인지 계산기를 두드려봤다. 당첨금 29억 3천5백87만 원에서 세금을 빼면? 로또 세금은 3억까지는 22%, 그 뒤론 33%니까 이번 경우 세금 총액은 9억 3천5백83만 원이다. 그러니까 실수령액은 20억 4만 원이고 그 절반인 10억하고도 2만 원이 자신의 몫이었다.

'창살 없는 감옥'에 갇혀 지낸 지 어언 17년. 아침 9시부터 밤 10시까지 로또, 토토, 연금복권, 즉석복권을 팔며 입에 풀칠해 온 나날이었다. 기껏해야 한 달에 4백만 원 벌자고 장가도 못 가고 각종 복권에 찍힌 숫자들과 연애하며 살아온 세월이었다. 10억이면 그동안의 개고생을 한목에 보상받기에 충분한 금액이다. 10억, 오 마이 10억.

애써 평온을 찾은 민구의 얼굴이 다시 일그러진 건 '오리발'이란 말이 퍼뜩 떠오르면서였다. 그놈이 반띵 약속한 적 없다고 잡아떼면 어쩌지? 사진만 찍지 말고 각서도 받아놔야 했는데. 불길한 예감은 먹튀 상상으로 이어졌다. 오리발이고 뭐고 그놈이 아예 삼십육계 줄행랑칠 수도 있잖아.

마음이 급해졌다. 진오에게 당장 전화를 걸었다. 안 받는다. 연결음이 열 번 울려도 응답이 없다. 이 새끼 봐라. 5분 뒤 또 해보았다. 또 안 받는다. 슬슬 꼭지가 돈다. 으으, 이 뜨내기 새끼를 믿는 게 아니었는데. 이를 부득부득 갈며 이번엔 문자를 보냈다.

— 전화 안 받네? 좋은 말로 할 때 연락 좀 주시지?

메시지 한 통으로 분이 가라앉을 리 없었다. 급기야 진오의 딱부리눈을 향해 말 화살을 쏘아댔다. 먹튀 한다고 내가 포기할 것 같냐? 기대해라, 응? 지옥 끝까지 쫓아가 모가지를 확 비틀어줄 테니.

얼마 후 태산에게도 전화했다. 응답이 없었다. 휴대폰을 잡은 손아귀에 힘이 바짝 들어갔다. 이 새끼도 한통속인가.

퇴근 무렵 묘책 하나가 떠오르긴 했다. 월요일 아침에 광화문 농협 본점 앞에서 진을 치고 있자. 1등 당첨금은 거기서밖에 못 찾으니 분명 나타날 거다. 하지만 그게 하책이란 걸 깨닫는 데는 열심히 긁어댄 즉석복권이 꽝이라는 걸 알게 되는 정도의 시간이면 충분했다. 그 시간에 복권방 장사는 누가 할 것인가. 놈이 꼭 월요일에 얼굴을 내민다는 법도 없다. 지금 유효 기간이 앞으로 1년이나 되니 말이다. 다음 날이나 다음 주 어느 날, 아니, 몇 달 뒤 어느 날엔가 스리슬쩍 나타나 당첨금을 찾아가겠지….

기쁨과 후회, 울분과 속쓰림으로 얼룩진 격정의 밤이 지났다. 민구는 이리 뒤척 저리 뒤척 잠을 제대로 못 이뤘지만 뾰족한 해결책을 찾지 못했다. 만사 제쳐두고 놈을 잡으러 다닐 수도 없고, 그냥 놈의 선의에 기대는 수밖에 없었다. 그게 민구가 내린 결론이었다. 열받지만 그게 현실이었다. 언젠가는 복권방에 나타나겠지. 약속한 돈 여깄습니다, 하며 10억 내놓겠지. 그런 장면을 상상하는 게 그나마 정신건강에 도움이 될 듯싶었다.

애써 마음을 다스리고 출근한 일요일. 언제나처럼 복권방은 한산했다. 눈코 뜰 새 없이 바빴던 전날에 비하면 멍하다 싶을 정도였다. 로또든 토토든 손님 수도 절반에 불과했다. 시간이 남아도는 듯한 기분 때문이었을까. 민구의 손가락이 또 움직였다. 진오에게 두 번 전화해 봤지만 역시나 무응답이었다. 태산에게도 걸어봤지만 마찬가지였다. 좋게 해석하기로 했다. 당첨 축하 어쩌고저쩌고 하면서 둘이 왕창 퍼마셨을 테고 그러니 여태 이불 속에서 허우적대는 거라고.

어젯밤 전화하려다 못했던 친구 경식에게나 해야겠

다. 민구는 휴대폰 연락처에서 그의 이름을 찾아 눌렀다.

“이야, 축하한다. 너희 복권방에서 처음 나온 거지? 이제 명당 선전만 잘하면 매출 이삼십 프로는 그냥 오를 거야.”

1등을 세 번 배출한 사장님의 음성이 전에 없이 따듯하게 느껴졌다. 별 시답잖은 놈들한테 뒤통수 처맞고 따돌림까지 당한 뒤라 그런 건지도 몰랐다. 현수막과 배너에 어떤 문구를 넣는 게 좋냐고 민구가 묻자 경식은 긴말 필요 없다며 카톡으로 사진을 보내왔다. 각종 선전 문구가 담긴 현수막, 스티커, 명패 등이 찍힌 여러 장의 사진이었다.

다음 날인 월요일 아침부터 민구는 ‘로또 명당’ 선전에 나섰다. 우선은 동네 간판 가게를 찾아 현수막과 대형배너를 주문했다. **로또 1등 29억 당첨점!** 가로 3미터×세로 1미터 현수막을 장식할 문구였다. **로또 1등 토토 명당!** 자신의 키를 웃도는 대형 배너에 들어갈 문구였다. 토토 명당은 로또 1등과 구색을 갖추려고 슬쩍 끼워 넣은 것이었다.

명당 등극 전리품도 있었다. 가게로 돌아오자마자 로또 시행사 측에서 전화가 걸려왔다. 1등 배출 기념으로 명패와 대형 스티커를 보내준다는 것이었다.

현수막과 대형 배너는 오후 4시께 도착했다. 간판 가게 사장이 직접 승합차에 싣고 왔다. 현수막을 통유리창 중간에 붙이고 대형배너는 입간판처럼 가게 앞에 세워 놓으니, 복권방의 품격이 몇 배는 올라간 것 같았다. 손님들도 덕담 한마디씩 건넸다. 경사 났구먼. 축하합니다. 노다지가 노다지 캤네요. 복권방 건너편 신나라 노래방 최 사장은 축하가 아닌 한숨을 길게 토했다.

"나는 맨날 사도 안 되는구먼. 이번에 1등 맞은 사람은 아마 지나가던 뜨내기일걸? 사람 운때라는 게 그렇더라고."

한 시간 뒤 로또 시행사에서 보낸 명패와 대형 스티커가 도착했다. 단말기 모니터 크기의 명패엔 **1등 판매점 노다지 복권방** 이란 문구가 적혀 있었고 폭이 1미터쯤 되는 스티커엔 **1등 당첨자를 배출한 행운의 로또 판매점입니다**, 라는 작은 글씨가 두 줄로 쓰여 있었다.

명패를 왼쪽 벽에 걸고 스티커를 통유리창 중앙에 붙이고 나니 복권방의 품격이 몇 배를 넘어 몇십 배는 올라간 것 같았다. 이건 별이다. 1등 배출한 것도 별, 명당에 오른 것도 별. 이제 우리 노다지 복권방에 별이 막 쏟아질 거다. 민구는 별별 소리를 읊어대면서도 휴대폰을 자꾸 만지작거렸다. 이제나저제나 진오한테 연락이 오기를 바라는 마음을 좀처럼 떨칠 수 없었다. 생돈 10억이야말로 무엇보다 큰 별이니까. 내 인생을 때 빼고 광내줄 번쩍번쩍한 별이니까.

먹튀가+장땡이지

어, 어어, 흐억!

진오의 입에서 신음 같은 탄성이 흘러나왔다. 이번 회차 로또 1등 번호와 손에 쥔 로또의 번호를 대조하던 중이었다.

05, 16, 20….

세 번째 줄의 번호가 잇달아 일치했다. 머리칼이 쭈뼛서고 손은 벌벌 떨렸다. 심장은 어찌나 쿵쾅대는지 행인들에게도 들릴 것 같았다.

35… 38… 42!

와, 와, 와아! 나머지 세 번호도 다 들어맞았다. 진오는 소파에서 벌떡 일어섰다. 혼자 사는 반지하 방에 그의 환호가 울려 퍼졌다.

“만세! 1등이다, 1등!”

이게 꿈이냐 생시냐. 진오는 눈을 비비고 다시 확인했다. 틀림없었다. 혹시 몰라 추첨 날짜도 다시 보았지만, 오늘 추첨한 게 맞았다.

가만, 당첨금이 얼마야? 검색해 보니 추첨 후 30분 지나면 동행복권 사이트에 공지된단다. 20억? 30억? 아니 50억? 입 찢어지는 상상을 하며 시간을 보낸 뒤 사이트에 접속했다. 당첨 복권 수는 여덟 장이고 한 장당 당첨금은 29억 3천5백87만 원이다. 됐다, 이만하면 대만족!

아차, 세금은? 3억까지는 22프로, 3억부터는 33프로를 뗀단다. 휴대폰 계산기를 두드려봤다. 총 9억 3천5백83만이다. 씨발, 뭐 이리 많아? 투덜대면서 실수령액을 계산해본다. 20억 4만 원이다. 뭐 어쨌거나 20억이 넘는 거금이 들어온다는 얘기였다.

20억. 꿈같은 20억. 그 돈이면 팔자를 고치고도 남는다. 잘 나가다 빈털터리로 전락한 인생, 다시 꽃길을 걷기에 부족함이 없다. 역시 길몽이었어. 아버지가 운수 대통 선물을 안겨주신 거야.

이따금 안부 인사나 나누던 여동생 진숙에게서 전화가 온 건 두 시간 전이었다. 대리운전 같이 뛰는 후배 태산과 동네 주점에서 소주잔 기울이던 중이었다. 모처럼 쉬는 토요일을 맞아 진오가 술값 낸다며 불러낸 자리였다.

"어, 진숙아. 오랜만…"

진오의 응답은 거기서 끊겼다. 세 살 터울 여동생의 숨넘어갈 듯한 첫마디 때문이었다.

"오빠, 오빠. 내가 깜빡했어."

"뭘 깜빡해? 뭔데?"

여동생은 진짜로 숨이 넘어가는지 침을 꼴깍 삼켰다. 그새를 못 참고 진오가 푸념성 멘트를 흘렸다.

"혹시 돈 빌려달라는 소리면 나 끊는다."

"에이, 김새게. 확 끊어버릴까 보다. 그게 아니라, 빨리 로또 사, 로또."

"갑자기 웬 로또? 뭐 좋은 꿈이라도 꿨냐?"

진숙은 좋은 꿈 정도가 아니라 완전 대박꿈이라고 호들갑을 떨었다. 6년 전 돌아가신 아버지가 황금돼지 목걸이를 6개 차고 나타나 어릴 적 집 마당에 돌멩이 6개를 던지고 사라졌다, 진숙이 돌을 주우려는 순간 모두 황금으로 변했다는 것이었다.

"나도 2만 원어치 샀어. 아무한테도 얘기 안 했는데 이게 우리 아버지 계시잖아. 하나뿐인 오빠한테는 말해줘야겠더라고."

"야, 근데 이제 말하면 어떡하냐?"

"몰라. 뒤늦게 오빠가 생각난 걸 어떡해. 가까운데 어디 복권방 없어?"

"글쎄, 뛰어서 10분 걸리는 데가 있긴 있다마는…."

6년 전 아버지, 돼지 목걸이 6개, 돌멩이도 6개, 로또 번호도 6개. 진오는 대박 느낌을 떨칠 수 없었다. 시계를 보니 7시 52분. 로또 판매 마감까진 8분 남았다. 얘기를 들은 태산이 괜찮은데? 하며 거들었다.

"빨리 노다지 복권방으로 뛰어가요. 설령 늦어도 컴퓨터 뒤에 붙여놓은 로또 남아있을걸. 그거 아무한테도 팔지 말라고 전화해 놓을게요."

진오는 "그래도, 술값은 주고 가야지"하는 태산의 말을 뒤로 하고 복권방으로 뛰어갔다. 숨이 턱에 닿은 채 복권방에 들어서니 디지털 벽시계가 8시 00분 29초를 가리키고 있었다. 젠장, 끝났네. 하지만 마지막 희망이 남아있었다. 마침 민구 형이 컴퓨터 뒤에 붙어있던 로또 한 장을 떼려 하고 있었다. 진오는 아까 여동생처럼 숨넘어 갈 듯한 목소리로 말했다.

"저기, 로또 주세요, 로또."

"야, 끝났어. 토요일엔 8시에 판매 마감이야."

"알죠. 아는데. 그거 있잖아요, 컴퓨터 뒤에 붙여놓는… 그거요 그거."

그러자 민구 형이 로또를 떼더니 "이건 내가 가지려

했는데" 하며 느물거렸다. 진오는 초조한 얼굴로 "아니에요, 저 주세요"라고 재촉했다. 만 원에 사겠다고, 거스름돈도 필요 없다고 했다.

미간을 좁혔다가 고개를 젓다가 하며 뭔가를 생각하던 민구 형이 잠시 뒤 조건부 판매라는 꼼수를 들고 나왔다. 팔긴 팔되 1등이나 2등에 당첨되면 반씩 나누자는 거였다. 나중에 확인해 봐야 한다며 문제의 로또를 사진으로 찍어놓기도 했다.

그렇게 힘들게 얻은 로또였으니 안도의 숨이 길게 나올 수밖에. 진오는 비로소 여동생 꿈 얘기를 들려줄 수 있었다. 얘기를 마치자 민구 형이 "1등 맞을 거야. 설마 아버님이 자식 꿈에 헛걸음하셨겠냐"며 어깨를 토닥였다. 하지만 속내는 어쩐지 '맞기는 개뿔'인 듯싶었다. 고민하는 척하다가 결국 만 원에 넘긴 것만 봐도 대강 짐작할 수 있었다.

복권방을 나온 진오는 주점으로 돌아가려다 말았다. 가봐야 태산이 기다리고 있을 것 같지 않았다. 자리를 박차고 나온 지 30분도 더 지났으니 말이다. 어차피 끝나가던 술자리, 덕분에 술값도 굳었으니 잘됐지, 뭐. 문득 로또 추첨 방송이 떠올랐다. 집에 가서 그거나 보자. 8시 35분에 하지, 아마?

종종걸음으로 달려 반지하 방에 다다랐지만 7분가량

늦었다. TV를 켜고 MBC로 채널을 맞추니 추첨이 끝났는지 잘 먹고 잘 비우는 게 행복이라는 변비약 광고가 흐르고 있었다. 하는 수 없이 휴대폰으로 로또 1등 번호를 검색한 뒤 주머니 속 로또를 꺼내 대조해 봤다. 그때부터 기적이 펼쳐졌다. 어어, 흐억! 신음 같은 탄성을 흘리고 요란한 심장의 고동을 느낀 끝에 진오는 마침내 환호성을 내질렀다. 만세! 1등이다, 1등.

하지만 얼마 되지 않아 아차차, 소리가 튀어나왔다. 두 눈이 저절로 감겼다. 그 인간하고 한 반띵 약속이 고개를 쳐든 것이다. 사진까지 찍어 놨으니 오리발 내밀 수도 없다. 씨방새, 완전 땡잡았네. 로또를 내줄 듯 말 듯 약 올리다가 막판에 부린 꼼수가 신의 한 수가 되다니. 생각할수록 얄미워 당장이라도 달려가 두들겨 패주고 싶었다. 형님은 무슨. 복권 장사로 돈 좀 번다길래 빈대 붙으려고 굽실거렸다마는 이젠 아쉬울 거 하나도 없다. 생긴 것도 어릴 적 만화 주인공 구영탄마냥 어리벙벙해서 위압감이라곤 하나도 없는 인간이다.

그 인간을 엿 먹일 좋은 방법 뭐 없을까? 엿 먹일… 엿 먹일…. 얼마간 되뇌던 진오는 드디어 엿 먹일 방법을 찾아냈다. 간단했다. 약속을 말로 했을 뿐 각서를 쓴 건 아니므로 반띵 약속한 적 없다고 잡아떼면 된다. 그러던 중 더 좋은 수가 떠올랐다. 더 좋은 정도가 아니라 가히 끝판

왕급이었다. 아예 먹튀를 해 버리자. 찾으려야 찾을 수도 없게 저 멀리 안드로메다로 날아가 버리자. 그제야 진오는 방이 떠나가도록 큰 소리로 다시 웃을 수 있었다.

1등 맞은 로또복권을 지갑에 꼭꼭 숨겨 넣는데 휴대폰이 울렸다. 그 인간한테 온 건가, 하며 액정을 보니 '진숙'이었다. 벨 소리가 다섯 번 울릴 때까지 받지 않고 잔머리를 열심히 굴렸다. 혹시 물어보면 안 맞았다고 하자. 몇억 떼어달라고 할 게 뻔하다.

"오빠, 혹시 맞았어요?"

"응? 뭐가?"

"로또 말이야. 아까 내가 꿈 얘기해 줬잖아."

"아아, 그거? 못 샀어. 그때가 마감 8분 전인데 어떻게 사냐? 뛰어갈까 하다가 안 되겠더라고. 그냥 포기했어."

"15분 전 아니었나? 암튼 못 샀다니 많이 아쉽네. 그럼 연금복권이라도 사봐요. 수요일에 추첨한다던데."

"그래, 알았어. 근데 너는? 안 된 거야?"

"에휴, 번호 네 개 맞아서 4등이네요. 당첨금 5만 원."

"5만 원이 어디야? 땅을 파봐라, 그 돈이 나오나."

대충 둘러대고 있자니 양심에 찔리긴 했다. 하지만 큰 돈 빼앗기지 않으려면 어쩔 수 없었다. 나중에 적당한 때를 봐서 적당한 돈 안겨주면 되겠지. 그런 생각으로 미안함을 어느 정도 덜어냈다.

그렇게 한고비 넘겼지만 얼마 안 돼 구영탄의 어리벙벙한 얼굴이 다시 엄습해 왔다. 벌레를 털듯 고개를 세차게 흔들며 다시 한번 다짐했다. 먹튀만이 살길이다. 곧장 집을 나와 동네 산으로 향했다. 노다지 복권방과 반대쪽 방향이었다. 대박의 기쁨도 내지를 겸 거머리 같은 구영탄을 멀리 쫓아버리고 싶었다.

"와아, 대박 만세!… 넌 엿이나 먹어라!"

어둑한 밤, 산 초입의 오솔길 한쪽에 서서 빽빽 소리쳤다. 주위에 아무도 없겠다, 세 번이나 함성을 발사했다. 기분 좋은 후련함이 온몸에 퍼졌다.

산을 내려온 진오는 다시 집으로 가려다가 도로변 스타벅스로 방향을 틀었다. 그 인간이 태산을 족쳐 집으로 쳐들어오면 어떡하나. 한판 붙는다 해도 겁날 거 하나 없지만 맞닥뜨리면 이래저래 피곤한 건 사실이다.

스타벅스에서 달달한 바닐라라테를 음미하던 중 휴대폰이 울렸다. 이번엔 어쩐지 그 인간일 것 같았다. 액정을 보니 역시나 '민구 형님'이었다. 진오는 실실 쪼개며 액정을 바라만 봤다. 내가 이걸 받을 것 같냐? 열 번가량 울리던 벨이 멎었다. 5분 뒤 또 울렸다. 이번에도 바라만 봤다. 급기야 문자까지 날아왔다.

— 전화 안 받네? 좋은 말로 할 때 연락 좀 주시지?

게슴츠레한 그의 눈을 떠올리며 혀를 날름 내밀었다. 좋은 말로 할 때 지랄 좀 그만 떠시지? 그러곤 아예 수신 차단을 해버렸다. 당첨금 20억이 비로소 순도 100퍼센트짜리로 다가온 느낌이었다.

이 돈으로 뭘 할까? 집부터 살까? 차를 먼저 살까? 즐거운 고민은 차차 하기로 했다. 당장은 부어라 마셔라 할 술친구가 필요했다. 첫손에 꼽히는 인물은 역시 태산이었다. 아까 주점에서 급하게 뛰쳐나가는 바람에 술값을 못 낸 미안함도 있었다.

그를 데리고 고급 횟집에 가서 진하게 마시는 모습을 그리니 벌써 정신이 알딸딸했다. 부어라, 카! 마셔라, 카! 이 밤을 즐겨라, 카! 입을 헤 벌린 채 펼치던 진오의 상상은 끝말잇기처럼 어느 단어에 가 닿았다. 다름 아닌… 카! 지노였다. 카지노, 생각만 해도 가슴이 펄떡이는 그 녹색 테이블. 진오는 주먹을 불끈 쥐었다. 그래, 가자! 카지노로. 대박도 맞았겠다, 돈 싸 들고 달려가 보자!

진오가 강원랜드 카지노에 첫발을 들인 건 십 년도 더 된 일이었다. 자칭 타짜라는 고교 동창을 따라 간 그날, 진오는 오백만 원을 밑천으로 바카라를 처음 했다. 게임 룰만 대충 익히고 베팅을 시작했는데 한 시간도 안 돼 천만 원을 따더니 그날 총 3천만 원을 벌었다. 동창놈은 그게 바로 초심자의 운이라고 했다. 노름판에 처음 입문한 사람은 원래 첫 끗발이 끝내주는 법이라나.

돌아보면 독이 든 칵테일이었다. 달콤하게 원샷하고 인생 골로 가는 길에 들어선 거였다. 잘 나가던 사채업자였던 진오는 그 다음 주부터 본업은 직원들에게 맡기고 강원랜드에 출퇴근하다시피 했다. 초창기엔 타짜 친구와 같이 갔지만 웬만큼 경험이 쌓이자 혼자서 갔다. 증거금 3천만 원을 예치하고 베팅의 급이 다른 VIP룸으로 들어갔다. 하루에 2억을 따기도 하고 어떤 날은 몇천만 원을 잃기도 했다. 다소의 부침이 있었지만 석 달 만에 20억 넘게 벌어들였다. 정말이지 세상이 그렇게 황홀할 수가 없었다.

내친김에 마카오까지 진출했다. 서울에서 세 시간이면 가는 마카오. 여행 삼아 훌쩍 떠나 갤럭시호텔 카지노에서 바카라를 했다. 거기서도 하룻밤에 1억 2억은 예사로 벌어들였다.

하지만 달도 차면 기운다고 언제부턴가 운발이 사그라들기 시작했다. 마카오에서 하룻밤에 2억도 잃고 강원랜드에선 하룻밤에 3억도 털렸다. 그동안 딴 돈은 물론 원래 밑천까지 깡그리 날아갈 지경이었다.

더 황당한 건 바카라에 빠져있다가 본업까지 잃게 된 것이었다. 허구한 날 카지노를 들락거리는 사이 부하 직원들이 소위 작당이란 걸 했다. 진오 몰래 경쟁업체를 차리고는 업계 최저 이자를 내건 것이다. 고객들이 너도나도 그리로 몰려갔다. 진오는 어어, 하다가 손쓸 새도 없이 당하고 말았다.

빈털터리로 전락하자 아내가 제일 먼저 두 살배기 아들을 데리고 떠나버렸다. 가깝게 지내던 친구들도 죄다 연락이 끊어졌다. 입에 풀칠하려면 대리운전이라도 해야 했기에 담당 업체 문을 두드렸다. 거기서 네 살 아래 태산을 알게 됐고 싼 집을 찾아 걔네 동네로 이사까지 하게 됐고 이제껏 술친구로 지낼 수 있었다. 그리고 바로 오늘. 둘도 없는 벗 태산과 소주잔 기울이던 중 로또 대박의 서막을 열게 된 것이다.

"카지노 갈 때 태산이를 조수로 써먹어야겠다."

진오는 혼잣말 끝에 흐흐흐, 웃음을 흘렸다. 월요일에 당첨금을 찾아 강원랜드로 떠날 걸 생각하니 두 발이 지상에서 20센티는 떠다니는 기분이었다. 룰루랄라, 바카랄라. 콧노래까지 흥얼대며 진오는 휴대폰 통화 기록에서 '양태산'을 찾아 눌렀다.

서울을 떠난 지 한 시간 반 지난 정오 무렵. 그랜저 렌터카 차창 너머로 보이는 치악 휴게소를 진오가 검지로 가리켰다.

"저기가 강원랜드 가는 길의 딱 중간지점인데, 나 예전에 정말 숱하게 드나들었다."

운전대를 잡은 태산이 살랑대는 목소리로 비위를 맞췄다.

"네네. 몇 년 만에 와보니 감동 한 사발이겠구먼요."

"한 사발이 아니라, 한 탱크다, 인마."

태산의 새우눈에 대고 진오가 딱부리눈을 찡긋거렸다. 왜 이래요, 징그럽게. 징그럽긴 이뻐서 그러지.

둘은 휴게소에서 내려 식당으로 들어갔다. 제일 비싼 장어 정식으로 점심을 해결한 뒤 식당 앞 커피점에서 아메리카노를 나란히 마셨다. 햇살은 따사롭고 바람은 선선하고 숲속 새들은 찌르르 울어대는 봄날의 한낮이었다.

그저께 밤, 진오가 전화를 걸었을 때 태산은 대놓고 씩씩거렸다.

"아니, 튀어갈 때 가더라도 술값은 주고 가야지. 그냥 가면 어떡해? 성질 나서 복권방에 전화도 안 했잖아요. 결국 술값도 내가 내고, 뭐야 이게."

궁핍한 아우의 투정을 잠재운 건 졸부 형님의 적선 멘트였다.

"쓸데없는 소리 말고, 3백만 원을 줄 테니 당장 튀어나와라."

"엥? 3백만 원? 뭔데? 로또 1등 진짜 맞은 거야?"

"글쎄, 나와보면 알아."

와, 맞았나 보네. 태산은 우사인 볼트보다 빠르게 스타벅스로 달려 나왔다. 곧바로 동네 횟집으로 옮겨 2차 술자리를 가졌다. 진오는 소주 두 잔을 연거푸 들이켠 뒤 빅뉴스를 전했다. 누가 들을까 봐 검지를 자신의 입술에 한 번 갖다 대며.

“쉿! 너만 알고 있어. 아까 그 로또 대박 났어. 진짜로 1등 됐다고.”

“흐억? 진짜? 이거 완전 충격의 도가니탕이네.”

당첨금이 얼마냐는 물음에 진오는 목소리를 낮춰 답했다.

“29억 먹었는데 세금 빼면 20억이야.”

태산에겐 거리낄 게 없었다. 반씩 나누기로 약속한 적도 없고 몇억은 떼 줘야 할 것 같은 마음의 빚도 없다. 약간의 당근만 줘도 이 녀석은 개처럼 충성할 것이다.

“그래서 너한테 3백을 쏜다는 거야. 선심 베푸는 거지.”

어때? 이런 형님 두니까 좋지? 라고 덧붙이려다 말았다. 태산 표정이 썩 밝지 않아서였다. 그래도 원래 하려던 말은 다 했다. 월요일에 광화문 농협 본점에 같이 가자고, 1등 당첨금을 찾아 네 계좌로 3백만 원을 쏘겠다고, 그런 다음 렌터카 타고 강원랜드로 떠나자고 했다. 2박3일 동안 강원랜드 호텔에서 숙식할 거고 카지노 객장에서 바카라를 할 거라고 일러줬다. 밑천이 두둑하니 한 3억 따는 건 식은 죽 먹기라고 큰소리도 쳤다.

"그러니까 운전도 해주고 똘마니 역할도 해주는 값으로 3백을 주겠다, 이 말이네."

묵묵히 듣고 있던 태산이 소주잔을 만지작대며 물었다.

"자식, 말귀 하나는 밝단 말이야. 2박3일에 3백이면 완전 노나는 장사 아니냐?"

태산이 소주를 들이켰다. 참치회 한 점을 우물거리나 싶더니 어느 순간 눈에 힘을 바짝 주었다.

"노나는 건 맞는 데 쩨쩨하게 3백이 뭐야? 5백은 돼야지. 로또 1등 맞아놓고."

"야, 쓰읍."

누가 들을세라 진오는 다시 한번 검지를 입술에 갖다 댔다. 그리곤 혼잣말로 중얼거렸다. 오백, 오백이라…. 바로 오케이 했다. 오늘 같은 잔칫날, 이런 자잘한 금액으로 고민하는 게 우스웠다. 대신 입단속을 조건으로 내걸었다.

"내가 1등 맞은 거 누구한테도 말하면 안 된다. 특히 민구 형이랑은 통화도 하지 마. 복권방에도 얼씬거리지 말고."

"왜요? 싸웠어?"

"싸우긴. 하여튼 이유는 묻지 마. 나중에 얘기해줄게."

태산은 고개를 갸우뚱하면서도 "그러지, 뭐"라고 답했다. 그때 태산의 휴대폰이 울렸다. 액정을 본 태산이 "민구 형님인데?" 하고 진오를 쳐다봤다. "받지 마! 받지 마!" 진오는 오만상을 찌푸리며 손사래를 쳤다.

그 인간 따돌리기 작전은 성공했지만, 진오는 오늘 오전까지도 가슴을 졸여야 했다. 농협 본점에 들러 당첨금을 찾는데 행여라도 그가 나타나 목덜미를 잡아챌까 봐 주위를 연신 두리번거렸다. 당첨금 20억이 자신의 계좌에 들어오고 5백만 원을 태산에게 이체시키는 동안에도 긴장의 끈을 놓을 수가 없어 출입구 쪽을 여러 번 돌아봤다.

마침내 모든 절차를 마치고 그랜저에 올랐을 때 진오는 함성부터 질렀다. 자, 가자! 어찌나 목소리가 컸는지 운전석에 앉아 있던 태산이 흐, 애 떨어지겠네, 하며 손가락으로 귀를 막을 정도였다.

대리운전 기사답게 태산은 스무스하게 차를 몰았다. 오후 1시 반. 그랜저는 서울을 떠난 지 세 시간 만에 강원도 정선군 사북읍에 접어들었다. 그리고 얼마 뒤, 내비게이션 안내양이 낭랑한 목소리로 말했다. 목적지에 도착하였습니다.

강원랜드호텔 주차장에 차를 세우고 객실 체크인을 마친 것까진 좋았는데 카지노 객장에서 문제가 생겼다. 지난 몇 년 사이 VIP룸 입장 조건이 바뀌었다는 것이다. 예전엔 3천만 원만 예치하면 들어갈 수 있었는데 지금은 연 매출 50억 이상의 기업 임원이나 의사 변호사 같은 전문직 종사자들만 출입할 수 있다나.

"계좌에 20억 넘게 있어도 안 된다니. 무슨 신분 차별하는 것도 아니고."

툴툴대는 진오를 태산이 달랬다.

"차라리 잘 됐어요. 먹어도 적게 먹고, 잃어도 적게 잃는 게 낫지."

객장 2층에 들어서자, 동네 중학교 운동장만 한 홀이 눈에 들어왔다. 바카라 반, 블랙잭 반인 50여 개 테이블에 천 명 가량이 몰려 환호와 탄식을 내뱉고 있었다.

일반룸은 1인당 베팅 한도가 30만 원이었다. 한 번에 몇천만 원도 지를 수 있는 VIP룸에 비하면 황소 등에 붙은 파리였다. 목표액을 1억으로 낮춰 잡았지만, 그마저도 힘들어 보였다. 한판에 30만 원씩 베팅해서 어느 세월에 1억을 따나. 그래서 생각해 낸 게 사이드 베팅이었다. 게임 테이블에 앉지 않은 동료가 뒤에 서서 베팅을 따라 하는 일종의 편법. 이건 강원랜드 측에서도 묵인하는 거였다. 사이드 베팅을 금지하면 좌석을 매매하는 등 다른 부작용이 일어날 수 있다는 이유였다.

30분쯤 기다리니 자리가 났다. 테이블 일곱 개 좌석 중 오른쪽 끄트머리였다. 진오는 착석하면서 딜러에게 현찰 5백만 원을 건넸다. 감청색 유니폼을 입은 여자 딜러가 노란 칩 50개를 내주었다. 하나에 10만 원짜리 칩이었다. 진오는 그중 25개를 뒤에 선 태산에게 건넸다. 사이드 베팅을 하라고 진작에 일러둔 터였다.

"저 플레이어는 뭐고 뱅커는 뭐예요?"

자리 나기 전 태산이 테이블을 가리키며 태산이 진오에게 물었었다.

"별 뜻 없어. 그냥 종로로 갈까요, 명동으로 갈까요라고 보면 돼. 둘 중 하나를 택해 딜러와 승부를 벌이는 건데 카드 두 장의 숫자를 합해 9에 가까운 쪽이 이기는 거야. 어떻게 보면 섯다 판 끝수 따지기나 마찬가지지."

드디어 베팅이 시작됐다. 진오가 베팅하면 태산이 따라가는, 한판에 60만 원을 지르는 작전이 1분마다 펼쳐졌다. 진오네는 처음 다섯 판을 내리 이겨 3백만 원을 벌었다. 그다음 판은 졌지만 이후 세 판을 내리 이기고, 또 한 판 졌다가 다시 다섯 판을 내리 이기고. 승률이 80프로도 넘었다.

한 시간쯤 지나자, 진오 자리엔 노란 칩 30층 탑이 세 개나 쌓였다. 태산 앞에도 똑같이 쌓였다. 각각 9백만 원, 합해서 1,800만 원짜리였다.

"오늘 진짜 손맛 제대로네"

진오는 사람들 시선은 아랑곳없이 와하하, 소리 내 웃었다. 뒤에 선 태산도 나이스, 나이스, 하며 알랑방귀를 꿔었다.

어느덧 노란 30층 탑이 9개+9개로 늘어났다. 거기에 자투리 칩 10개. 계산해 보니 모두 5,500만 원이었다. 카지노 입장한 지 세 시간 만에 그 큰돈을 벌어들인 거였다.

오늘은 여기서 그만할까? 내일도 시간 많은데. 진오는 가슴 앞으로 팔짱을 끼며 그런 생각을 했다. 한 판이 끝나고 딜러가 카드를 회수하여 카드 통에 집어넣던 참이었다. 고민은 길지 않았다. 진오는 두 팔을 풀어 X자를 만들었다. 스스로에게 하는 동작이었다. 오늘은 여기까지. 나머지 5천은 내일 채우자.

그리곤 자리에서 일어섰다. 사람은 모름지기 경험에서 배워야 하는 법. 고할 때와 스톱할 때를 아는 자가 진정한 승자다. 지난 세월 도박판에서 얻은 깨달음을 실천하는 자신이 자랑스럽기까지 했다.

태산과 함께 흡연실로 갔다. 담배가 타들어 갈 무렵 태산에게 지시하듯 말했다.

"차 뒷좌석에 배낭 있거든. 가서 그거 좀 가져와."

비밀번호 식 잠금장치가 설정된 백팩으로 돈뭉치를 쓸어 담고 싶어 챙겨온 것이었다. 웬 배낭? 의아해하던 태산이 의도를 눈치채곤 고개를 끄덕였다.

"근데 참, 밖에 나가면 다시 들어올 수 있나?"

"몰랐지? 입장권만 갖고 있으면 객장 출입은 프리패

스야."

흡연실을 나온 뒤 태산은 객장 밖으로 향했다. 진오는 테이블로 돌아왔지만 베팅을 하는 둥 마는 둥 했다. 자투리 칩만 달랑 가거나 아니면 아예 쉬거나.

10분 지나자 태산이 배낭을 들고 돌아왔다. 테이블 위에 있던 30층 탑 칩 더미가 그 속으로 옮겨졌다. 진오는 배가 빵빵해진 백팩을 들고 환전 창구로 향했다. 수표가 아닌 5백만 원 묶음 10개와 백만 원 묶음 5개로 교환했다. 어차피 내일 또 베팅할 거라는 생각도 있었지만 오랜만에 현찰 실물을 만져보고 싶기도 했다. 진오는 그중에서 백만 원 묶음 두 개를 태산에게 건넸다.

"이건 오늘 수고하신 졸개님께 드리는 보너스."

"감사합니다, 형님. 목숨 바쳐 충성하겠습니다."

"암, 존나 충성해야지. 그래야 떡고물이 계속 떨어지지."

밖으로 나오니 산등성이 너머로 노을이 지고 있었다. 호텔 객실로 가는 동안 태산이 진오 옆에 바짝 붙어 오종종한 눈알을 이리저리 굴렸다. 귀하신 몸을 밀착 경호하는 특급 보디가드가 따로 없었다.

강원랜드의 첫날밤이 지났다. 둘은 아침과 점심을 호텔 뷔페에서 해결했다. 소고기 돼지고기 양고기에 구이,

찜, 과일샐러드까지 메뉴가 다양했다. 처음 맛보는 고급 메뉴에 태산은 짧은 영어를 연발했다. 어제는 "나이스, 나이스" 하더니 오늘은 "원더풀, 원더풀"이었다. 오후 2시. 카지노로 출격하면서 진오는 몇 번이고 다짐했다. 오늘 5천만 원을 마저 따면 미련 없이 일어선다. 경험에서 얻은 깨달음도 여러 번 되뇌었다. 고할 때와 스톱할 때를 알아야 진정한 승자다.

오늘도 순조로웠다. 한 시간 만에 둘 앞에 30층 탑이 네 개씩, 모두 여덟 개가 쌓였다. 돈으로 환산하면 2,400만 원이었다. 처음에 칩 50개씩 들고 했으니까 본전 1천만 원을 빼면 1,400만 원을 딴 거였다.

하지만 그 잘난 운발도 수명이란 게 있었다. 옛날과 똑같았다. 언제부턴가 베팅이 빗나가더니 열 판을 내리 깨졌다. 종로로 가면 명동이 울고, 명동으로 가면 종로가 환호했다. 순식간에 6백만 원이 날아갔다.

진오는 거기서 일단 멈췄다. 무인 음료코너로 가서 콜라 한 잔을 단숨에 들이켰다. 태산도 옆에서 멜론 주스를 홀짝였다. 좀 식히면 다시 올라올 거예요. 이제부터 시작이란 마음으로 해야지. 서로 그런 말을 주고받았다.

그래도 흐름은 바뀌지 않았다. 휴식 뒤 살아나나 싶었지만 얼마 지나지 않아 또 수직으로 낙하했다. 종로와 명동이 번갈아 빗나가길 수십 차례. 오늘 딴 돈은 물론 밑천까지 다 잃었다. 그래서인지는 몰라도 목 어깨 허리 할 것 없이 몸 여기저기가 결리고 쑤셨다.

진오는 목을 한 바퀴 돌리고 나서 똘마니에게 명령했다. 차에 가서 배낭을 통째로 가져오라고 했다. 니미, 누가 죽나 해보자.

죽은 건 진오였다. 백팩의 비밀번호를 풀고 현찰 뭉치들을 잇달아 꺼냈지만, 그것마저 다 털리는 데 세 시간이면 족했다. 진오는 마침내 지갑에서 신용카드를 꺼내 들었다. 어제 딴 돈까지 다 잃은 본전 상태였지만 왠지 생돈 오천만 원을 날린 것 같은 기분을 떨칠 수 없었다. 도저히 이대로 물러설 수 없었다. 태산에게 카드를 내밀며 또 명령했다.

"이걸로 ATM기에서 천만 원만 뽑아와라."

태산이 웬만하면 그만하지, 라고 웅얼거리며 되물었다.

"비번이 뭔데요?"

비번? 아, 비번…. 그 순간 '먹튀'라는 키워드가 진오의 정수리에 내리꽂혔다. 20억이 든 카드를 내주면서 비번도 알려준다? 그랬다가 이놈이 튀기라도 한다면?

"아니다, 아니야. 내가 갔다 올게."

나는 할 수 있어도 남에게 당할 수는 없는 게 먹튀였다. 진오는 객장을 나와 ATM기가 있는 넓은 복도로 향했다. 창문 너머 바깥으로 어둠이 막 내리고 있었다. 드르

륵. 오만 원권이 쏟아지는 소리를 들으며 진오는 입술을 앙다물었다. 이 돈으로 기필코 1억을 따고 말리라.

하지만 다시 시작한 베팅에서도 연거푸 죽을 쒔다. 명동과 종로가 잇달아 빗나갔다. 하도 열받아서 한동안 명동만 갔더니 승리의 여신은 종로에만 미소를 보냈다.

결국 새로 뽑아온 돈마저 다 날렸다. 이제 어떻게 하지? 진오는 한 판을 거른 채 생각에 잠겼다. 인간은 모름지기 경험에서 배워야 한다…. 고할 때와 스톱할 때를 알아야 진정한 승자다…. 하지만 그건 돈을 땄을 때 얘기다. 잃고 나니 허파 뒤집는 헛소리에 불과했다.

천만 원만 더 뽑아오자. 다시 ATM으로 가서 투입구에 카드를 꽂으려는 데 누군가 어깨를 툭 쳤다. 태산이었다.

"어? 넌 왜 따라왔어?"

"형이 걱정돼서 왔지."

"뭐가 걱정돼?"

"바카라 그만합시다. 해봐야 또 잃어."

"헛소리하지 말고 넌 따라가는 거나 잘해."

"그게 아니라, 뭐 힘들게 이런 걸 해요? 돈 잃고 몸 버리고. 그만해요. 대신 내가 돈 쉽게 따는 법 알려줄 테니 한번 들어볼래요?"

손쉽게 따는 법? 그런 게 있어? 진오는 못 이기는 척 태산을 따라 근처 소파에 앉았다. 태산이 바로 운을 뗐다.

"비트코인이라고 들어봤죠?"

"비트코인? 그거 투자하라고?"

태산이 그렇죠, 하며 고개를 끄덕였다. 친척 중에 비트코인으로 대박 난 사람이 있는데 1억 투자해서 20억도 넘게 벌었다, 한때 비트코인 광풍이 불어 1코인에 8천만 원도 넘었는데 그때 다 처분했다는 것이다.

"근데 요즘은 얼만지 알아요? 1,700만 원대야. 반의반 토막도 더 난 지금이 바로 들어갈 찬스라는 거예요, 내 얘기는."

"음…."

"나도 돈 생기는 족족 비트코인 사고 있어요. 형이 준 돈도 거기 다 넣었어. 24시간 거래거든."

태산의 목소리는 점점 커졌다.

"내 보니까 바카라 이거 할 게 못 돼. 몸만 축나고 딱 거지 되기 십상이야. 딸 수도 있지만 결국 거덜 나게 돼 있어. 피 같은 생돈을 끙끙거리며 강원랜드에 갖다 바치는 꼴이라고."

진오는 마냥 듣고 있기 멋쩍어 살짝 브레이크를 걸어 봤다.

"비트코인도 까딱하면 다 날릴 수 있는 거 아니냐? 주식이 휴지 조각 되는 것처럼."

태산이 어휴, 하더니 말을 이어갔다.

"아이고, 요즘이 어떤 시대요? 블록체인 시대 아니요? 인터넷 다음이 블록체인이라고. 엘살바도른가 하는 나라는 재작년에 비트코인을 법정화폐로 지정했어. 이게 대세라는 걸 인정한 거지. 비트코인에 묻어두면 돈이 알아서 불게 돼있다니까. 마침 지금이 바닥이니까 1년 안에 세 배 네 배로 늘어난다고."

들을수록 그럴듯해 놈이 달리 보이기까지 했다. 순 건달인 줄 알았더니 이놈도 다 계획이 있었구나.

"다른 잡코인 말고 온리 비트코인만 하면 돼요. 이거 아무한테도 얘기 안 한 건데, 형이 어제오늘 뽀찌 좀 주니까 알려주는 거야. 안 그러면 이런 특급 비법을 왜 알려줘?"

태산은 망설일 것 없이 당장 계좌를 트자고 했다. 그러더니 휴대폰을 열어 뭔가를 터치했다.

"앗싸아, 1,727만 원. 아까보다 10만 원 올랐네."

자, 봐봐요, 하며 태산이 휴대폰을 내밀었다.

"이게 한때는 8천만 원도 넘었던 거야. 지금 완전 바닥이라고."

시세판엔 **비트코인** BTC/KRW라는 고딕체 글자 아래 17,270,000이란 숫자가 선연하게 찍혀 있었다.

진오는 관자놀이를 꾸욱 눌렀다. 경험에서 배워라…. 고할 때, 스톱할 때…. 진정한 승자…. 오늘 수도 없이 되뇌었던 말들이 떠올랐다. 바카라 더 해봐야 더 깨질걸요. 비트코인에 넣어두면 돈이 알아서 불어난다고. 옆에서 계속 조잘대는 태산의 말이 귀를 간지럽혔다.

얼마나 흘렀을까. 진오는 눈을 번쩍 떴다. 웅크리고 있던 또 다른 자아가 불쑥 튀어올랐다. 그래, 돈 잃고 몸 버리는 바카라는 이제 그만! 돈이 돈을 버는 비트코인을 향해 가자!

진오는 카지노 객장 쪽은 쳐다보지도 않고 호텔 방으로 직진했다. 한번 마음이 정해지니 거칠 게 없었다. 태산의 도움을 받아 비트코인 계좌를 텄다. 구글 스토어에서 거래소 어플을 다운받은 뒤 원화를 입금했다. 20억을 다 보낸 건 아니었다. 절반은 남겨두고 나머지 10억만 투자하기로 했다.

속전속결. 진오는 대번에 비트코인 58개의 주인이 됐다. 진오 계좌를 보며 태산이 부러운 듯 입맛을 다셨다.

"종잣돈이 많으니 좋네. 나는 0.1코인, 0.01코인씩 찔끔찔끔 사고 있구만."

진인사+대천명

로또 단말기 화면의 상단 바 시계가 15시 33분 01초를 가리켰다. 민구는 〈10게임 자동/2티켓〉 버튼을 터치하기 시작했다. 지이익 지이익. 5천 원짜리 로또복권이 3초에 한 장꼴로 배출된다. 두 장이 나오면 다시 버튼을 터치한다. 그렇게 10장을 뽑는 데 걸린 시간이 30초 남짓. 15시 33분이 다 지나려면 아직 28초 남았다.

민구는 잠시 생각하다 버튼을 한 번 더 눌렀다. 먼저 나온 열 장을 손바닥 크기 황금 봉투에 담고 나중에 뽑은 두 장을 자신의 지갑에 넣는다. 그리고 전화 속 목소리를 곱씹어본다. 과연 운세나 계시로 로또 1등을 내다볼 수 있는가. 재물복이 터지는 운수 대통의 시간이 정말 있는 건가.

그 전화가 온 건 세 시간 전이었다. 잠시 한가한 틈을 타 믹스커피 한 잔 마시고 있는데 가게 전화가 울렸다.

"네, 노다지입니다."

"음, 여기는 천궁신당이올시다."

중저음의 남자 목소리였다.

"천궁신당요?"

"네, 사주 운세 보는… 아, 점집이오, 점집."

그럼 점쟁이인가? 하는데 남자가 덧붙여 물었다.

"혹시 주인장 되시나요?"

"네, 제가 주인입니다만."

"그럼 내 말을 잘 들어주시오. 이따가 오후 3시 33분에 로또 십만 원어치를 자동으로 긁어주시오. 정확히 3시 33분이어야 합니다."

로또복권엔 발행일과 추첨일은 물론 요일, 발행 시각까지 찍힌다. 일전에 진오 놈이 판매가 마감된 뒤인데도 정상 발행된 로또를 손에 넣을 수 있던 것도 그래서였다.

"3시 33분이라… 십만 원어치면 오천 원짜리 스무 장인데, 그걸 1분 안에 다 뽑을 수 있을지. 좀 빡빡하겠는데요."

"그런가? 그럼 오만 원어치만 부탁합시다. 계좌 불러주면 바로 입금하리다. 입금자명은 천궁신당이오"

콕 찍어서 몇 시 몇 분에 뽑아달라 하고 천궁신당이란 이름도 그럴듯한 게 어째 용한 점쟁이인 것 같긴 했다. 그는 복권방 문 닫는 시간이 언제냐고 묻더니 마감 한 시간 전까지는 로또를 찾으러 오겠다고 했다.

통화를 끝낸 뒤 민구는 혼잣속으로 중얼거렸다. 제 아버지 꿈을 믿고 사서 대박 맞은 놈도 있는데, 나도 점쟁이 예언 믿고 두 장 정도 사볼까. 설령 안 맞아도 그깟 만 원, 복채라고 치면 되겠지.

그가 모습을 드러낸 건 밤 9시 30분쯤이었다. 흰색 계통의 개량 한복을 입은 50대 중반의 남자가 들어서는데, 올백으로 넘긴 백발과 잿빛으로 물든 수염이 얼핏 도인의 풍모를 풍겼다.

"로또 찾으러 온 천궁신당이올시다."

"네, 여기 모셔두었습니다."

용한 점쟁이에게 알아서 기겠다는 건지 '모셔두었다'라는 말이 알아서 튀어나왔다. 황금봉투를 받아 든 그가 물었다.

"3시 33분에 긁은 것 맞지요?"

"확인해 보세요. 발행 시각 15시 33분으로 찍혀있을 겁니다."

그는 로또 서너 장을 꺼내 살펴보더니 고개를 두어 번 끄덕였다. 그리곤 잿빛 수염을 쓰윽 쓰다듬었다.

"흠, 이 집이 보통 명당이 아니란 말이야. 통유리에 1등 현수막 붙여놨지만, 그게 다가 아니야. 큰 게 또 터져."

큰 게 또? 민구의 입이 저절로 벌어졌다.

"그 말씀은 그러니까 1등이 또 나온다는 겁니까?"

"딱 그런 형국이야. 게다가 지난번보다 당첨금액이 더 커."

그럼 더 큰 1등? 민구의 입이 조금 전보다 더 크게 벌어졌다. 그가 은근히 반말을 뱉고 있는 건 하나도 신경 쓰이지 않았다.

"무슨 계시라도 받으신 겁니까, 선생님?"

점쟁이님이라고 할 수도 없고, 딱히 떠오르는 다른 호칭도 없어 그렇게 불렀더니 그가 손을 내저었다.

"이왕이면 도사라고 부르시오. 천궁신당의 거성도사올시다."

"넵! 거성도사님."

"음, 이 집이 말이야. 풍수지리상 수락산 지세가 융성하고 오백 년 된 소나무들이 터를 지키고 있는 길지 중의 길지란 말이지. 밝은 기가 흩어지지 않고 한데로 응거되고 있는 명당 혈자리란 말이오."

거성도사는 두어 달 전 이 앞을 지나다가 노다지 복권방 간판을 보고 대운이 트이리라는 걸 직감했다고 했다.

언젠간 찾아올 것 같아 재빨리 전화번호를 적어놓았다는 얘기도 덧붙였다.

"근데, 도사님. 왜 3시 33분에 긁어달라고 하신 겁니까? 그게 소위 길일 길시라는 겁니까?"

"오늘이 금요일이잖소. 금요일 오후 3시 33분이 바로 음양오행이 골고루 조화된, 영험이 깃든 때지. 재물운과 성공운의 발달이 극대화되는 운수대통의 시간이란 말이오. 아까 점심때 퍼뜩 떠오른 계시인데 이번에 꼭 맞을거요. 그래서 내가 이렇게 친히 온 거고."

말할 때 흔들림 없는 눈동자. 동굴처럼 울리는 목소리. 거기에 올백 백발과 잿빛 수염까지. 민구는 거성도사가 뿜어내는 기묘한 카리스마에 점점 빨려 들어갔다. 이번 회차에 더 큰 게 터진다는 그의 예언이 어쩐지 딱 들어맞을 것 같았다. 이럴 줄 알았으면 아까 3시 33분에 내 몫으로 두 장 아니 네 장 더 뽑을걸. 아니, 뽑을 수 있을 만큼 다 뽑을 걸. 시간은 충분했는데….

여하튼 운수대통 시간이란 게 따로 있으니 때맞춰 로또를 뽑아달라는 사람은 복권방 개업 이래 처음이었다. 민구는 그동안 로또 1등 맞히려고 기를 쓰는 수많은 사람을 봐왔다. 특히 수동 번호를 연구하는 방식은 얼굴 생김새만큼이나 다양하다. 전화번호나 주민등록번호, 공휴일 날짜를 참조하는 건 이미 고전에 속한다. 어떤 사람은 당첨 기운을 이어받겠다며 직전 회차 관련 숫자를 갖다 쓴다. 1등 당첨 번호 여섯 개 중 두어 개, 1등 당첨금액 열 자리에서 두어 개를 추출하는 식이다. 휴대폰으로 찍은 장례 버스 번호판 숫자를 이리저리 조합하는 이도 있다. 원래 장례차나 똥차를 보면 행운이 쏟아지는 법이라나. 최근엔 OTP카드 기법도 등장했다. 모바일 뱅킹용 OTP카드의 버튼을 누르면 인증 번호 여섯 자리가 뜬다. 거기서 두세 개를 고른다. 삼사 초 후 불이 깜빡거릴 때 다시 버튼을 눌러 번호 두세 개를 또 얻는 식이다.

이렇듯 각양각색으로 번호를 뽑는 사람들과 운세 계시를 들먹이며 1등을 맞히려는 거성도사의 마음엔 무슨 차이가 있는 걸까? 대박을 바라는 인간 본능이란 점에선 별 차이가 없는 게 아닐까.

거성도사가 가고 얼마 뒤 20대 남녀 두 쌍이 들어왔다. 네 사람 모두 술 한 잔 걸쳤는지 얼굴이 발그레했다. 즉석복권 긁어서 당첨금 적게 나오는 쪽이 노래방비 내는 거다. 한 커플의 키 큰 청년이 말하자 다른 커플의 안경 쓴 청년이 호응했다. 오케이, 오케이.

하여튼 늙으나 젊으나 한국 사람들 내기 근성은 어디 안 간다니까. 민구는 천 원짜리 즉석복권 두 장을 내 준 뒤 그들이 하는 양을 흥미롭게 지켜보았다. 두 청년은 오른쪽 벽면 앞 긴 테이블에 나란히 앉더니 10원짜리 동전으로 열심히 복권을 긁어댔다. 하지만 둘 다 꽝이었다. 아가씨들이 약속이나 한 듯 "한 판 더" "한 판 더" 노래를 불렀다.

2차전에선 둘 다 천 원에 맞아 무승부. 3차전에서야 승부가 갈렸는데 우습게도 안경 청년의 염원이 먹힌 판이었다. 그는 복권을 긁기 전 동전을 두 손가락으로 쥐더니 훗, 하고 입바람을 불었다. 그리곤 왼쪽 벽면 긴 테이블의 끄트머리로 가서 복권을 살살 긁었다.

"시, 십만 원! 십만 원!"

잠시 후 그가 탄성을 지르자 다들 뭐야, 뭐야, 하며 몰려갔다. 복권을 돌려보며 내뱉는 음성들이 실내에 울려 퍼졌다. 와, 대박! 진짜야 진짜! 즉석복권 맞는 거 처음 봐! 민구도 슬쩍 다가가 확인했다. 똑같은 카메라 그림 두 개 옆 PRIZE 칸에 ₩100,000이란 금액이 찍혀 있었다. 꽝 나온 키 큰 청년이 느물느물 웃으며 안경에게 아양을 떨었다.

"지훈아, 노래방비는 그 돈으로 하면 안 될까? 한번 봐주라."

"알았다. 알았으니까 이거 돈으로 바꿔 와. 그 정도 수고는 해야지."

키 큰 청년이 민구에게 다가와 십만 원 맞은 즉석복권

을 건넸다. 민구는 원래 농협에서 찾아야 하는데 특별 서비스해 주는 거라며 세금 22%를 뺀 현금 7만 8천 원을 내주었다. 즉석복권도 세금을 떼는구나, 몰랐네. 그래도 오늘 운수는 짱 아니냐? 하며 퇴장하는 그들을 따라 민구는 문 앞까지 나갔다.

건너편 건물 너머로 하얀 달빛이 차오르고 있었다. 민구 눈엔 그게 어쩐지 내일 추첨하는 로또의 대박 전조로 보였다. 문득 주문을 하나 외고 싶었다. '금 나와라 뚝딱'은 밍숭맹숭한 것 같고, 뭐 좋은 거 없을까. 이맛살을 가만히 모으던 차에 흘러간 유행어 '숭구리 당당 숭당당'이 훅 치고 들어왔다. 민구는 행여 누가 들을세라 나지막이 읊조렸다. 숭구리 당당 숭당당. 짧게 끝내고 나니 왠지 밋밋해 한 번 더 속삭였다. 안경 청년처럼 염원을 실어서. 숭구리 당당 숭당당, 로또 1등 숭당당.

다음날엔 손님이 두 배 가까이 많았다. 원래 토요일엔 북적이긴 하지만 마음이 바쁜 탓인지 평소보다 더 많아 보였다. 민구의 입가에선 온종일 미소가 떠나지 않았다. 장사가 잘되는 즐거움도 즐거움이지만 도사님 믿고 산 로또 두 장에 대한 기대감을 한순간도 놓을 수 없었다.

하지만 숭당당도 헛되이, 기대감도 헛되이.

추첨 결과는 허무 그 자체였다. 초장부터 번호 두 개

가 빗나가면서 1등, 2등이 다 물 건너가 버렸다. 그나마 마지막 세 개 번호가 연달아 맞았다. 본전 5천 원을 건지긴 했지만 모처럼 허파에 바람이 들어간 걸 생각하면 간에 기별도 안 가는 결과였다. 관둬라, 관둬. 로또 1등이 누구네 집 강아지 이름도 아니고….

못지않게 허탈한 건 거성도사도 꽝이라는 사실이었다. 추첨이 끝나고 30분 지났을 때 민구는 늘 그랬듯 동행복권 사이트를 살폈다. 이번 회차 1등 배출점은 12곳이나 됐지만, 그러나 노다지 복권방이란 이름은 없었다. 거성도사가 산 열 장 중에서라도 1등이 나오길 바랐지만, 그래서 여기가 보통 명당이 아니라는 그의 말이 딱 들어맞길 바랐지만, 한낱 공염불이 되고 만 것이다. 2등 배출점 결과도 씁쓸하긴 마찬가지였다. 74곳이나 되는 2등 명단에도 노다지 복권방은 없었다. 화가 난다기보단 그냥 어이가 없었다. 도사는 개뿔. 다시는 운세니 계시니 하는 말 믿나 봐라. 누굴 탓할 것도 없었다. 엉터리 점쟁이 말에 혹한 내가 바보, 멍청이었을 뿐.

"오늘 두 번째 옵니다, 사장님."

출입문 쪽에서 그런 말이 들리고 나서야 민구는 정신이 팔려 있었다는 걸 깨닫게 됐다.

"어, 그러게요. 또 뵙네요."

"늦으면 어떡하나 했는데 다행히 문 닫기 전이네요."

50대 후반으로 보이는 단골손님, 미스터 뚝심이 카운터로 다가왔다. 민구가 그렇게 이름 붙인 건 그의 꼿꼿한 체형과 구릿빛 얼굴, 한 번 정한 걸 끝까지 밀고 가는 소신이 너무도 강렬해서였다.

그는 로또 1만 원어치를 매일 수동으로 산다. 특이한 건 5천 원짜리 로또 용지 한 장 속 다섯 개 블록 모두에 특정 번호 여섯 개만 찍는다는 것이다. 5, 9, 11, 20, 23, 38. 그렇게 표기된 로또 용지 두 장을 크로스백에 넣어 하루도 빠짐없이 복권방에 들른다. 하루에 1만 원어치, 일주일에 7만 원어치를 구매하는 것이다.

뚝심맨이 크로스백에서 로또 용지를 꺼냈다. 얼핏 봐도 두 장은 훨씬 넘어 보인다.

"오늘 낮에 산 거랑 해서, 이번 주 건 다 꽝 됐고,"

그가 묻지도 않은 말을 읊더니 덧붙였다.

"새로 여섯 장을 사려고요."

"여섯 장이나요?"

민구는 되묻자마자 말꼬리를 돌렸다. 몇 장을 사느냐보다 더 중요한 게 있었다.

"저기, 토요일엔 밤 여덟 시 이후론 판매 안 하는데, 어쩌죠."

"그래요? 맨날 낮에만 사다 보니 몰랐네. 그럼 부탁 좀 드릴게요. 이걸 사장님께 드리고 갈 테니 언제 시간 날 때 긁어주시죠. 사흘 뒤에 찾아가겠습니다."

"그야 어렵지 않죠. 근데 이 밤에 어디 가시나요?"

뚝심맨이 입을 한번 꾹 다물었다가 답했다.

"조금 전에 작은아버지가 돌아가셨다는 연락을 받아서…."

"아, 저런."

"병상에 10년도 넘게 계셨어요. 빈소가 경기도 가평인데, 가기 전에 우리가 또 할 건 해야 돼서."

집안에 애사가 닥쳐도 매일 하던 '거사'는 빼먹을 수 없는 그는 역시 진정한 뚝심맨이었다.

"이 정성을 행운의 여신이 알아줘야 할 텐데."

로또 용지 여섯 장과 만 원짜리 석 장을 받으며 민구가 한마디 건네자 그가 멋쩍은 표정으로 대꾸했다.

"이걸 하루라도 빼먹으면 총 맞은 듯 가슴에 구멍이 날 것 같단 말이야."

미스터 뚝심이 옹고집 베팅을 한 지도 벌써 2년이 넘었다. 처음 열흘쯤 됐을 땐가, 민구가 이유를 물어본 적 있다. 대충 짐작은 가지만 혹시 다른 사연이 있나 해서.

"똑같은 번호로만 찍는 무슨 특별한 이유라도 있나요?"

그가 기다렸다는 듯 바로 대답했다.

"이거저거 찍어봐야 맨날 꽝만 나오는 거, 차라리 한 가지 조합으로 밀어붙이는 게 낫지 않겠습니까? 1등을 맞아도 초대박 1등을 맞겠죠."

역시 그거였군. 민구가 옅게 웃는데 그가 굳이 부연 설명을 했다. 만일 당첨금이 30억인 1등에 당첨되면 칠십 개 곱하기 30억 해서 210억을 쓸어 담는다. 2등, 3등만 돼도 대박이지만 4등만 맞아도 짭짤하다. 당첨금 5만 원이 칠십 개니까 350만 원을 먹게 된다. 그런데 빗나가면? 하나가 꽝이면 나머지 예순아홉 개는 자동으로 꽝인 거 아시죠? 민구 얼굴에 드러난 딴지를 읽었는지 뚝심맨이 손을 저었다.

"틀리면 마는 거죠. 사나이가 이래 죽나 저래 죽나."

하지만 그의 소신 베팅은 이래저래 죽고 있다. 이제껏 겨우 두 번인가 4등에 당첨됐을 뿐이다.

복권방을 찾는 때가 매일 오후 네 시 무렵인 점도 그의 고집을 잘 말해주고 있다. 어쩌다 정오쯤 온 적이 있긴 있지만 출근 시각이 오후 네 시인 건 좀체 바뀌지 않는다. 점퍼나 면바지 같은 외출복에 황토색 크로스백을 메고 오는 것도 거의 똑같다. 운동화 색깔이 늘 검정색인 것도 마찬가지. 그런 그가 오늘은 오후 네 시에 오더니 이렇게 또 늦은 밤에 나타나 로또 여섯 장을 주문한 것이다.

"자, 부탁드리고 갑니다."

미스터 뚝심이 손날을 세워 머리 옆에 올리는 특유의 동작으로 인사를 했다. 그 동작으로 미루어 전직이 직업군

인인가 했지만. 실례가 될 것 같아 여태 묻지는 않고 있다.

"네, 안녕히 가세요. 상 잘 치르시고요."

민구는 문 앞까지 쫓아가 허리를 굽혔다. 조의금을 건네긴 그렇고, 단골에게 각별한 예의를 갖추고 싶었다. 멀어져가는 그의 뒷모습을 보던 중 문득 이런 글귀가 떠올랐다. 용기 있는 자에게 행운이 따른다. 그걸 이렇게 바꿔보았다. 똥고집 있는 자에게 행운이 굴러온다.

거성도사의 동굴 저음이 복권방 공기를 가른 건 그다음 주 일요일의 오후였다.

"노다지 사장님. 잘 지내셨소?"

잿빛 수염과 올백 백발이 눈에 들어온 순간 민구는 하마터면 어휴 저 돌팔이, 라고 빈정거릴 뻔했다. 입속말을 가까스로 참으며 맘에도 없는 소리를 줄줄 읊었다.

"어서 오십시오, 도사님. 잘 지내셨습니까? 사업은 번창하셨고요?"

거성도사가 수염을 쓸어내리며 말했다.

"사업이야 늘 잘 되지."

그리곤 흠흠, 헛기침을 했다.

"저번에도 말했지만 이 집에서 큰 게 또 터져요. 그건 틀림없어."

민구는 그 말을 귓등으로 흘렸다. 하품 안 나온 게 다행이었다.

“지난번엔 부적이 없었어. 로또를 달랑 전화로 사달라고 했으니 아무래도 정성과 효험이 부족했다, 이 말이오.”

그는 들고 온 손가방에서 흰색 편지봉투를 꺼냈다.

“오늘은 내가 부적을 갖고 왔지. 주인장은 여기 적힌 대로만 하면 됩니다.”

봉투엔 황색 한지 두 장이 담겨 있었는데 그중 하나가 부적이었다. 두 마리의 용이 마주 보며 하늘로 오르는 모습을 붉은 톤으로 그린 부적. 용이 승천하는 형상이니 운수가 대통한다?

다른 종이엔 **檀紀 四三五六年 五月 二十四日 水曜日 十八時 十八分**이라는 한자가 적혀 있었다. 역시 붉은색 붓글씨로 **水曜日**에서 새로운 행이 시작되는 두 줄짜리였다.

“단기 4356년… 5월 24일… 수요일… 18시 18분이라. 이걸 도사님이 직접 쓰신 건가요?”

“직접 쓰다마다. 오늘 아침에 퍼뜩 계시가 떠올라 일필휘지로 휘갈긴 게요.”

“그렇군요. 근데 이 단기 서기 계산은 어떻게 하는 겁니까?”

명색이 도사인데 설마 이걸 모를까 하는 마음과 이거 모르면 진짜 돌팔이라는 비아냥이 반씩 담긴 질문이었다.

“단군이 고조선을 건국한 해가 기원전 2333년이오. 2333에 서기를 더하면 단기가 나오지. 사주, 음양오행, 재물운, 성공운, 이런 게 다 단기에서 연원하는 거요.”

훗, 완전 돌팔이는 아니군. 민구는 그런 생각을 듣기 좋게 포장해서 입 밖으로 내보냈다.

“제가 도사님께 많은 걸 배우네요.”

“배우긴, 뭘….”

그가 수염을 또 쓰다듬더니 당부의 말을 건넸다.

“5월 24일 18시 18분에 5만 원어치 긁어주시오. 꼭이요.”

왜 하필 18시 18분일까? 어감이 안 좋네. 속으로 중얼대는데 그가 5만 원 지폐 한 장을 내밀고는 친필 영수증을 써달라고 했다. 민구는 애써 미소를 지으며 에이포 용지에 글을 써 내려갔다.

[영수증. 노다지 복권방 주인 노민구는 거성도사님으로부터 로또복권 구매용 현금 5만 원을 받았습니다]

“어유, 잘 쓰셨네. 됐소.”

“그리고 참, 이 부적은 어떻게 할까요?”

“그날 그 시간까지만, 로또 다 긁을 때까지만 잘 보관하면 될 것 같은데. 어디 서랍 같은 데 넣어두지 뭐.”

"서랍요? 알겠습니다."

민구가 대답하자 거성도사가 씨익 웃으며 손가방을 벽면 테이블에 내려놓았다.

"아주 아주 협조적인 우리 주인장한테 격려 문구 하나 써드려야겠군."

그는 에이포용지 한 장을 달라더니 손가방에서 화구통을 꺼냈다. 그 안엔 붓과 먹이 담겨 있었다.

"이 문구를 액자로 만들어 보관하면 만사가 쑥쑥 풀릴 거요."

민구는 두 발치 떨어져 붓의 동선을 바라보았다. 얼핏 봐도 한 획 한 획 써 내려간 필치가 힘차고 당당한 느낌을 주었다. 이윽고 그가 붓을 멈추자 여섯 개 한자로 된 두 줄짜리 문구가 위용을 드러냈다.

盡人事
待天命

진인사 대천명! 민구의 머릿속에 불이 탁 켜졌다. 이걸 액자로 만들어 벽에 걸면 복권방에 대운이 트일 것 같았다. 로또를 사놓고 하늘의 뜻을 기다리면 재물이 쏟아져 들어오리라.

거성도사에 대한 신뢰도가 다시 상승했다. 아까까지

만 해도 엉터리 점쟁이였지만 지금은 거성, 말 그대로 큰 별 이름값을 하는 도사였다. 이런 훌륭한 글귀를 아무나 단숨에 쓰는 건 아니지 않는가.

다음날 출근하자마자 민구는 동네 표구사를 찾았다. 행여 구겨질세라 '진인사 대천명' 용지를 대봉투에 고이 넣어서. 몇 시간 뒤 은은한 원목 색과 나무 고유의 질감이 돋보이는 액자가 민구 품에 안겼다.

'진인사 대천명' 액자를 복권방 벽에 거니 아닌 게 아니라 복권방 품격이 한층 올라간 것 같았다. 손님들도 한마디씩 거들었다. 누가 썼는지 힘이 느껴진다는 둥, 로또 찍는 사람들한테 하는 말 같다는 둥, 액자가 로또명당 명패와 잘 어울린다는 둥.

오후 네 시면 등장하는 뚝심맨은 처음엔 액자를 보지 못한 것 같았다. 늘 그랬듯 크로스백에서 로또 용지 두 장을 꺼내 로또 1만 원어치를 구매했다. 출입문을 벗어나기 일보 전에야 눈길이 그쪽으로 돌아간 뚝심맨은 오, 하고 탄성을 뱉었다.

"진인사 대천명!"

그리곤 카운터 쪽으로 고개를 돌렸다.

"이거 못 보던 건데, 언제 걸어놓은 겁니까?"

오늘부터라는 답은 굳이 듣고 싶은 게 아닌 모양이었다. 민구가 답하기도 전에 그는 액자를 향해 손날을 세웠다. 평소처럼 손날을 머리 옆으로 대충 올린 게 아니라, 눈썹 위에 절도있게 붙이더니 뗄 때도 절도있게 뗐다. 충성 구호만 붙이지 않았을 뿐 현역 군인의 경례나 다름없었다. 고집과 소신으로 똘똘 뭉친 캐릭터로 미뤄 봤을 때 그 동작을 오늘 한 번 하고 말 것 같진 않았다.

액자의 후광 덕분인지 민구는 사흘 뒤 '거성도사 타임' 때도 마음이 가벼웠다. 로또 10장 긁어줘 봐야 수수료 2천5백 원 벌 뿐이지만 발행 버튼을 특정 시간대에 집중적으로 누르는 일이 하나도 성가시지 않았다. 성가시긴커녕 '진인사 대천명'이 불러올 만사형통을 생각하니 3초마다 버튼을 터치하는 손놀림이 즐겁기까지 했다.

임무를 마쳤을 때 시각은 18시 18분 32초. 18시 18분이 다 지나려면 28초 남았다. 따라 살까 말까? 잠깐 망설이다 거성도사를 한 번 더 믿기로 했다. 이번에 더 큰 게 터진다는 예언이 꼭 들어맞길 바라며 버튼을 두 번이나 더 눌렀다. 지난번의 두 배인 네 장을 산 것이다.

이때만 해도 민구는 예상하지 못했다. 거성도사도 자신도 또 꽝을 맞을지 모른다는 생각은 얼핏 하긴 했지만… 이제껏 보지 못한, 색다르다 못해 진기한 대박이 노다지 복권방에서 터질 줄은 정말이지 꿈에도 몰랐다.

오직+한+우물

5, 23, 9, 20. 11, 38.

오늘도 두삼은 로또 용지에 여섯 개 번호를 표기한다. 엄숙하고 경건한 마음으로 오직 이 번호들만 찍는다. 이제껏 그래왔고 앞으로도 그럴 것이다. 이게 진정 로또 대박을 맞는 길이라고 굳게 믿고 있다.

하루를 이렇게 시작한 지도 벌써 2년이 넘었다. 두삼은 아침 다섯 시면 칼같이 기상한다. 거실에서 국군 도수체조로 몸을 푼 다음 따뜻한 물 한 컵을 마시며 몸 안의 독소를 씻어낸다. 다시 방으로 돌아와서는 책상 의자에 앉아 수성 사인펜으로 번호 여섯 개를 표기한다. 로또 용지는 동네 노다지 복권방에서 때 되면 한 뭉치 가져오는

데 이번 거 다 쓰려면 아직 서른 장 정도 남았다.

두삼이 여섯 개 번호를 찍는 순서도 늘 똑같다.

*제일 먼저 5번 칸을 칠한다. 이유는 간단하다. 성이 오 씨니까.

*두 번째가 23이다. 두삼이란 이름을 숫자로 나타내면 23이니까. 그렇게 오두삼이 완성된다.

*세 번째 칠하는 건 9번 칸이다. 아내가 구 씨라서다.

*네 번째 칸은 20이다. 아내 이름 희영과 흡사해서다. 이왕이면 똑 들어맞는 이영이 좋겠지만 그러지 못한 게 조금 아쉽다. 그래도 그게 어딘가. 연숙이나 미란, 옥순이었다면 갖다 붙일 숫자도 없다. 아내한테 이영으로 개명하라고 할까, 생각한 적도 있지만 로또 번호를 위해서라고 하면 정신 나간 인간 취급받을까 봐 말을 삼켰다.

*다섯 번째 번호 11엔 아들을 향한 애틋한 마음이 담겨있다. 7년 전 미국 유학 중 교통사고로 세상을 떠난 외아들 원일. 자신을 닮아 몸도 날렵하고 얼굴선도 갸름했던 원일. 그 이름에 맞는 숫자 11을 칠할 때는 아들 모습이 잠시 아른거린다.

*마지막 번호 38이 뜻하는 건 삼팔광땡이다. 화투는 잘 치지 않지만 섯다판 족보의 왕이 삼팔광땡이란 건 알고 있다. 거기서 착안했다. 지존 숫자 38을 빼고 어찌 대박을 바랄 수 있겠는가.

두삼이 이 여섯 개 번호를 뽑아내기까지는 꽤 오랜 시간이 걸렸다. 로또 구매 초창기 땐 별생각 없이 자동으로 긁어 달라고 했다. 하도 안 맞아서 수동으로 이 번호 저 번호 찍어 보았지만 역시 헛일이었다. 생각을 고쳐먹었다. 차라리 한가지 조합으로 찍자. 지극 정성으로 한 우물만 파면 언젠가는 초대박을 맞을 것이다.

여섯 개 번호가 간단히 얻어진 것도 아니었다. 처음엔 자신과 처자식의 생일, 주민번호 등을 맞춰 봤고 각종 국경일의 숫자를 엮어보기도 했다. 역대 최고 당첨금 407억이 터진 회차의 당첨 번호를 끌어와 이리저리 조합해 보기도 했다.

그러다가 문득 떠올린 게 숫자와 연관이 있는 가족의 이름이었다. 이 색다른 이름들을 잘 조합하면 남들한테 없는 독창적인 무기가 될 듯싶었다. 아내 이름 희영이 숫자 20과 딱 맞지 않는다는 게 살짝 걸리긴 했지만 그 정도는 행운의 여신이 애교로 봐줄 거라 믿었다. 지존 숫자 38이 아쉬움을 멋지게 메워줄 거란 믿음도 있었다. 마침내 여섯 개 번호를 모두 뽑아낸 순간 두삼은 차오르는 희열을 느끼며 요즘 애들 말로 한마디 외쳤다. 나 천잰가 봐!

"똑같은 번호로만 찍는 무슨 특별한 사연이라도 있나요?"

마이웨이 베팅을 시작한 지 열흘쯤 지났을 때 복권방

사장이 물었다.

“이거저거 찍어봐야 맨날 꽝만 나오는 거, 차라리 한 가지 조합으로 밀어붙이는 게 낫지 않겠습니까? 1등을 맞아도 초대박 1등을 맞겠지요.”

그런데 빗가나면? 하나가 꽝이면 나머지 예순아홉 개는 자동으로 꽝인 거 아시죠? 하는 표정엔 별것 아니란 투로 손을 저었다.

“틀리면 마는 거죠. 사나이가 이래 죽나 저래 죽나.”

올해 쉰여덟 살인 두삼은 3년 전 육군 원사로 만기 전역했다. 스물 세 살 때 부사관에 임관한 이래 전방부대에서 장장 32년 5개월을 복무했다. 소총중대와 수색중대, 중화기중대 등을 거쳐 나중엔 대대본부 지휘부에서 지휘참모로 근무했다.

수직적인 병영 문화가 몸에 밴 탓인지 전역 후 두삼의 일상은 단조롭기 짝이 없다. 좋게 말하면 시간관념이 철저한 거지만 집과 동네만 맴도는 똑같은 생활 패턴에 스스로도 재미를 느끼지 못할 정도다. 상명하복 문화에 익숙한 탓에 의사결정 폭도 넓지 않다. 아내와도 필요한 말 외에는 거의 대화를 나누지 않고 있다. 미국 어학연수 떠난 아들이 교통사고로 사망한 뒤 집안 공기는 더욱 썰렁해졌다.

단조로운 일상에서 두삼이 찾아낸 즐거움이 바로 로

또 찍기였다. 매달 받는 군인연금 300만 원에서 30만 원을 로또에 투자하고 있는데 주식이나 채권 투자 같은 건 할 줄 모르는 그에게 로또는 쉬우면서도 유일한 재테크인 셈이다. 지금까지 4등 두 번 맞은 게 가장 큰 거지만 언젠가는 일확천금을 쥐리란 꿈을 버리지 않고 있다.

오늘도 오두삼, 구희영, 원일, 삼팔광땡의 조합이 완성됐다. 여섯 개 번호가 표기된 로또 용지 두 장을 크로스백에 넣은 다음 주방으로 향한다. 계란 네 개와 고구마 두 개를 압력솥에 넣어 10분간 삶는다. 계란 두 개와 고구마 한 개는 자기 것이고 나머지는 아내 몫이다. 동네 대형마트 직원인 아내는 오후에 출근해 밤늦게 퇴근하는데 늦잠을 자기 일쑤다. 대화는 많이 나누지 않지만, 고생하는 아내를 위해 그 정도 서비스는 하고 있다.

계란 고구마 삶기가 끝나면 사과 반 개와 저지방 우유 한 잔 곁들여 아침 식사를 한다. 혈압을 낮추고 혈당을 조절하는 데 도움이 되는 식단이다. 나이 들수록 대사증후군을 조심해야 한다는 얘기는 TV 같은 데서 하도 많이 들어 잘 알고 있다. 아침 나절엔 주로 종편채널의 시사 토크쇼를 시청한다. 보수 쪽에 치우친 방송이란 비판이 있긴 하지만 국가 안보를 위해 평생을 바친 두삼에겐 다른 쪽 목소리가 잘 들어오지 않는다.

점심 식사도 아침 같은 건강 식단으로 해결한다. 이후

다시 실내에서 국군도수체조를 한 뒤 오후 시사 토크쇼를 시청한다. 그러다가 두 시가 되면 집을 나와 수락산 둘레길로 향한다. 바지, 점퍼 같은 외출복에 검정 운동화를 신은 캐주얼한 차림이다. 어깨를 가로지르는 황토색 크로스백도 멘다. 손발이 자유로운 건 물론이고 휴대폰이나 수건, 생수통을 챙길 수 있어 좋다. 무엇보다 여섯 개 번호를 표기한 로또 용지 두 장을 안쪽 깊숙이 모셔두기가 용이하다. 둘레길 끄트머리에 있는 야외 헬스장에서 크로스컨트리와 훌라후프, 팔굽혀펴기를 번갈아 한다. 팔굽혀펴기 횟수는 자신의 나이와 같은 쉰여덟 번이다. 해마다 한 개씩 늘리는데 적어도 여든 고지는 넘고 싶다.

운동으로 땀을 흘린 뒤 향하는 곳은 사거리 골목에 위치한 노다지 복권방. 날마다 오후 네 시 무렵 도착하지만 가끔 친지나 옛 전우 집안의 결혼식 등이 있을 땐 일찍 왔다 가기도 한다.

지지난주 토요일엔 밤 10시가 다 돼 복권방을 찾았다. 경기도 가평의 작은아버지가 별세했다는 연락을 받고 난 뒤였다. 지병을 앓다 돌아가신 분에 대한 애도보다 3일장이니까 로또 3일 치를 몰아서 찍어야 한다는 생각이 앞섰다. 복권방에 들어서자 그 옛날 히트 만화 주인공 구영탄을 닮은 사장이 어디다 정신을 파는지 어서 오라는 말도 없었다. “오늘 두 번째 옵니다, 사장님” 하고 인사하니까 그제야 정신이 들었는지 "어, 그러게요. 또 뵙네요" 하고 받았다. 아무튼 로또 용지를 두 장이 아닌 여섯 장을 한꺼번에 내밀기는 그날이 처음이었다.

복권방 벽에 걸린 액자를 본 건 지난 월요일이었다. 입장할 때 본 건 아니었다. 로또복권 두 장을 크로스백에 넣고 나오는데 무언가 스치는 느낌이 들었고 운명처럼 벽에 걸린 액자로 눈길이 돌아가더니 저도 모르게 오, 하고 탄성을 질렀다.

"진인사 대천명!"

할 일을 다 해놓고 하늘의 뜻을 기다린다! 어쩐지 자신을 향한 계시 같았다. 로또 대박을 위해 최선을 다하고 하늘의 뜻을 기다리면 된다는 계시. 두삼은 한 손님의 뒤통수 옆으로 보이는 사장에게 물었다.

"이거 못 보던 건데, 언제 걸어놓은 겁니까?"

그냥 물어본 거였다. 액자를 향해 경례하기 전 호흡을 조절한 거라고나 할까. 오늘부터라는 답이 떨어지기도 전에 두삼은 오른쪽 손날을 세웠다. 평소처럼 손날을 머리 옆으로 대충 올리지 않고 눈썹 위에 바짝 붙였다가 뗐다.

그날부터 두삼 일상에 루틴 하나가 추가됐다. 복권방을 나서기 전 액자를 향해 거수경례하는 것. 충성 구호는 다른 손님들에게 민폐가 될까 봐 하지 않지만 속으로 복권방이 떠나갈세라 외친다. 복권방 사장과 몇몇 손님이

슬몃 웃는 게 느껴진다. 그러거나 말거나다. 로또 1등을 위해서라면 경례 아니라 총검술 16개 동작인들 못할쏘냐.

두삼의 행운은 바로 그 무엇인들 못 할까 하는 신념 속에 터진 꽃망울이었다. '진인사 대천명' 앞에서 충성을 맹세하기 시작한 그 주 토요일. 두삼은 아내가 출근 전 차려놓은 저녁 식사를 마치고 텔레비전 앞 소파에 앉았다.

종편의 트로트 예능 프로를 시청하다가 8시 35분 즈음해 로또 추첨 생방송을 보기 위해 MBC로 채널을 돌렸다. 여자 MC의 노란 재킷에서 행운의 기운이 솔솔 피어나는 듯했다. 뭐가 돼도 될 것 같은 예감이 마음을 살살 흔들었다.

추첨이 시작됐다. 첫 번째 나온 볼의 번호는 5였다. 흐흠, 출발이 좋군. 두삼은 콧등에 주름을 잡았다. 두 번째 볼이 추출됐다. 11이었다. 오, 우리 원일이가 나왔구나. 이번엔 입꼬리가 올라갔다. 세 번째 행운의 숫자는 23이었다. 헉, 나도 나왔네! 두삼은 두 주먹을 불끈 쥐었다.

네 번째 나온 번호는 9였다. 오예, 사랑하는 나의 구씨. 두삼은 소파 베개를 꽈악 끌어안았다. 뒤이어 나온 번호는 로또 지존 38. 두삼은 자리에서 벌떡 일어나 소리쳤다. 우와와! 주위에 아무도 없었지만 있다 해도 상관할 바 아니었다. 가슴이 터질 것 같은데 어떡하나.

이제 하나 남았다. 20만 나오면 1등이다. 사랑하는 희영아 어서 나와라, 두삼은 두 손을 깍지 끼고 간절히 외쳤다. 이영! 이영! 이영! 그러나 이번 번호는 7이었다. 맥이 탁 풀렸다. 후회가 밀려왔다. 희영이란 이름과 들어맞지 않는 숫자 20을 억지로 갖다 붙인 게 죄였다. 저 7을, 행운의 번호 7을 왜 생각 못 했을까.

그래도 기회는 남아있었다. 남자 MC가 "2등 보너스볼 추첨하겠습니다"라는 멘트를 날린 지 1초도 안 돼 튀어나온 볼의 번호는… 두삼이 애타게 불렀던 20이었다. 한발 늦게 아내 희영이 얼굴을 내민 것이다. 아이고, 2등이 어디냐. 고맙다 희영아! 지금쯤 마트에서 열심히 물건 팔고 있을 그녀를 생각하며 두삼은 두 팔을 올려 커다랗게 하트를 그렸다.

가만, 2등 당첨금은 보통 얼마지? 검색해 보니 지난주 2등 당첨금은 4천9백65만 원이었다. 당첨 복권 수는 87장. 지지난주는 79장에 5천3백34만 원. 그 전주는 89장에 4천7백86만 원.

평균 잡아 4천만 원대 후반은 된다는 얘기였다. 한 번 더 소리치지 않을 수 없었다. 이번엔 우와와 말고 추웅서엉! 당첨금을 4천5백만 원만 잡아도 4500 곱하기 70이면 31억 5천만 원이다. 웬만한 1등 당첨금보다 큰돈이 들어오는 거였다.

두삼은 바로 노다지 복권방에 전화를 걸었다. 1등 2등 당첨금은 대체 언제쯤 알 수 있을까.

"아, 그거요, 추첨 끝나고 30분 지나면 동행복권 사이트에 공지됩니다."

구영탄이 기계음처럼 건조하게 대답했다. 상대가 두삼인지는 알아채지 못한 것 같았다.

"네, 알겠습니다."

서둘러 전화를 끊었다. 더 얘기했다간 구영탄이 자기 목소리를 알아들을 것 같았다. 거액에 당첨됐는데 신분이 노출되면 여러모로 골치가 아플 것이다.

3년과도 같은 30분이 지났다. 동행복권 사이트에 접속해 이번 회차 당첨 결과를 살펴보았다. 2등 당첨금은 3천8백92만 원이고 당첨 복권수는 무려 112장이었다. 자기 것만 해도 70장이었으니 그럴 만도 했다. 휴대폰 계산기로 2등 당첨금에 70개를 곱해보니 27억 2천4백40만 원이 나온다.

아까 추정했던 금액보다 4억이나 줄었지만, 그래도 이 정도면 대박이다. 하지만 세금이 또 신경 쓰였다. 로또 당첨금은 횡재세라고 엄청 뜯어간다던데. 검색해 보니 로또 세금은 3억까지는 22프로, 3억 초과부터는 30프로다. 이거 봐, 젠장. 세금 총액 8억 6천6백만 원을 빼고 난 실수령액은 18억 5천8백만 원. 고작 20억도 안 되는 액수에 헛웃음이 삐져나왔다.

그래도 이게 어디냐. 애써 마음을 가다듬는데 무언가가 퍼뜩 뇌리를 스쳤다. '세금의 진실'이었다. 두삼은 2등 맞은 70장을 모두 합한 금액에 당첨된 게 아니라 그냥 2등에 당첨된 거였다. 2등 맞은 로또가 70장이었을 뿐. 다시 말해 27억 2천4백40만 원에 당첨된 게 아니라 3천8백92만 원에 당첨된 거다. 그러므로 세금은 3억 미만에 적용되는 22프로뿐이다. 다시 계산해 보니 세금 총액은 5억 9천9백36만 원이고 실수령액은 20억을 훌쩍 넘는 21억 2천5백만 원이다.

됐다, 됐어. 비로소 속 시원한 웃음이 터져 나왔다. 그 와중에 곁다리로 웃기는 게 있었으니, 이번 회차 1등의 당첨금이었다. 24억 6천2백만 원이지만 세금 뜯기고 나면 실수령액이 17억 4천7백만 원밖에 안 된다. 쿠하하.

결국 1등보다 4억가량 많은 2등에 당첨된 거였다. 이 돈으로 뭐할까? 두삼은 머릿속으로 새 아파트를 샀고 새 차를 구입했고 나머지 돈을 은행 통장에 넣었다. 그렇게 낄낄대던 두삼은 어느 순간 고개를 세차게 저었다. 아니다, 흔들리면 안 돼. 대박 맞으면 꼭 하고 싶었던 것. 그걸 밀어붙이기로 했다. 아내도 뜻을 같이하리라 믿어 의심치 않았다.

한 시간쯤 지나자 아내가 현관문을 열고 들어섰다. 두

삼은 다짜고짜 다가가 그녀를 와락 안았다.

"어머, 왜 이래, 이 양반이."

"잠깐만 이대로 있자. 오늘 내가 너무 기분이 좋아서 그래."

"무슨 일? 복권이라도 당첨됐어?"

엥? 어떻게 알았지? 두삼은 바로 포옹을 풀었다.

"당신 소머즈야? 천리안이야? 마트에서 우리 집이 다 보여?"

"보이긴. 당신 아침마다 로또 용지에 칠하잖아. 그래서 해본 말이지."

두삼은 아내를 일단 소파에 앉혔다. 자초지종을 들려주자 희영은 놀라 자빠지는 표정을 지었다.

"와, 잘했네. 같은 번호만 찍기를 진짜 잘했네."

"근데 여보. 나 이 돈으로 할 게 있거든. 당신도 동의해주리라 믿어."

두삼이 진지한 톤으로 말하자 아내가 초조한 톤으로 되물었다.

"뭔데, 뭐 할 건데요?"

당첨금 용도를 말하는 동안 그녀의 눈에 물기가 어리더니 눈물이 뺨을 타고 쪼르륵 흘렀다. 두삼이 얘기를 마치자 아내가 힘없이 고개를 끄덕였다. 그리고 나지막이 말했다.

"그렇게 해요. 당신 뜻대로 하자고요"

일주일 뒤 둘이 머문 곳은 제주도 애월읍 해안로의 조용한 펜션이었다. 창문 너머 에메랄드빛 바다와 건물 뒤편 푸르른 산자락이 조화를 이룬, 이른바 감성 숙소였다.

3박4일 일정으로 떠나온 이번 여행에서 두삼은 외아들 원일의 빈자리를 새삼 느꼈다. 14년 전 중학생이던 아들과 함께 떠났던 일본 홋카이도 여행. 흐드러지게 핀 벚꽃과 청량한 하늘, 홋카이도 특산물로 만든 별식. 산 정상에서 보았던 구름이 바다를 만드는 광경 등 온 가족이 행복했던 한때가 가슴 한편을 내내 맴돌았다.

제주 여행 마지막 날 밤. 테라스 테이블 건너편에 앉은 아내가 맥주캔을 부딪치며 입을 열었다.

"이번 여행 너무 좋았어요. 이게 다 1등보다 큰 2등에 당첨된 덕분이에요."

두삼이 맥주캔에서 입을 떼 삐죽거렸다.

"그 덕분이 아니라, 같은 숫자 여섯 개만 공들여 찍은 내 정성과 소신 덕분이지. 그걸 하늘이 알아주신 거고."

희영의 입가에 살짝 미소가 번졌다.

"맞아요. 정성과 소신. 거기에 우리 식구 이름을 숫자로 만든 당신의 뛰어난 두뇌도 한몫했죠."

암, 그렇지. 그렇고말고. 두삼이 어깨를 으쓱대는데 희영이 덧붙였다.

"저, 많이 생각해 봤는데요. 원일장학재단 말이에요."

"응? 그게 왜."

"설립 기금을 15억 말고 20억으로 하는 게 어때요?" 그날 두삼이 밝힌 로또 당첨금의 용도처는 아들 원일의 이름으로 된 장학재단 설립이었다. 7년 전 세상을 떠난 원일의 꿈은 훌륭한 외과 의사가 되어 소외된 이웃의 건강을 돌보는 것이었다. 그 못다 한 꿈을 장학재단 설립을 통해 대신 이루고 싶었다. 희영도 아들의 넋을 기릴 수 있는 좋은 기회가 주어진 게 감사할 따름이라며 기꺼이 동의했다.

"5억이나 더? 당신 괜찮겠어?"

"원일이가 나온 고등학교에 장학재단을 설립하는 것도 좋고 형편이 어려운 후배들을 도와주는 것도 좋아요. 단지 액수가 똑부러지지가 않아. 15억이 뭐야, 15억이."

희영은 그러더니 손가락으로 브이 자를 그렸다. "이왕 하는 거 20억으로 합시다. 원일이가 제대로 뜻을 펼칠 수 있게 말예요. 우리 아들 위해 쓰는 거라면 난 하나도 아깝지 않아."

희영은 두 손가락을 좌우로 흔들며 덧붙였다.

"여섯 개 번호 중에 20은 내 이름 아니에요? 이영, 희영. 그러니까 내 이름을 살려서 20억으로 하자고요. 다행히 우린 빚도 없잖아. 내가 벌고 당신도 연금 나오고. 원일장학재단으로 우리 부부 사이도 더 좋아졌는데 뭘 더 바라."

원일의 고민은 깊지 않았다. 맥주캔을 들며 바로 호응했다.

"좋아, 까짓거 20억으로 합시다. 자, 희영 뜻을 받들어 이영으로!"

날개 + 단 + 노다지

로또 추첨이 끝난 지 30분이 지났다. 민구는 이번 회차 1등 배출 여부를 알아보기 위해 동행복권 사이트에 접속했다. 거성도사를 믿고 산 5천 원짜리 네 장이 모두 꽝이 된 허탈함은 훌훌 털어버린 터였다.

1등 당첨금은 24억 6천2백만 원이고 당첨 복권 수는 13장이었다. 1등 배출점 15곳 가운데 공릉동 노다지 복권방은 없었다. 거성도사가 산 5천 원짜리 10장 중에도 1등은 나오지 않았다는 얘기다. 그에 대한 신뢰도가 다시 떨어졌다. 에라이, 돌팔이. 이번엔 틀림없다더니.

민구의 눈이 흠칫 커진 건 “관둬라 관둬, 로또 1등이 누구네 집 강아지 이름도 아니고”라며 지난번처럼 중얼거리고 난 직후였다. 당첨금이 3천8백92만 원인 2등 복권 수가 무려 112장이라는 게 예사롭지 않았다. 웬만하면 100장이 넘지 않는데 말이다. 서둘러 2등 배출점 명단을 보니 이게 웬일. 서울 노원구 공릉동 노다지 복권방이 첫 번째 칸에 올라와 있다. 더욱 놀라운 건 노다지 복권방에서 나온 2등 당첨 복권 수가 70장이나 된다는 것이다.

순간 민구의 머릿속에 떠오른 사람이 있었다. 미스터 뚝심. 정해진 여섯 개 번호만 찍는 사나이. 그가 70장의 주인공인 게 틀림없었다. 급히 2등 당첨 번호를 확인해 보니 역시나 그가 고집하는 6개 번호와 똑같았다. 어쩐지, 아까 추첨 방송 때도 낯설지 않은 번호들이 줄줄이 나온다 싶더니만…. 앗! 그러고 보니 조금 전 전화로 1등 2등 당첨금은 언제 알 수 있냐고 물어본 사람은 뚝심맨이었잖아. 칫, 누가 잡아먹나. 서둘러 끊기는.

그의 당첨금 총액을 계산해 봤다. 이번 회차 1등보다 큰 27억 2천4백40만 원이다. 한 장당 22프로 세금을 빼니 실수령액은 21억 2천5백만 원. 예전에 진오 놈이 받은 돈보다 1억 2천 남짓 많다.

민구의 혀가 반쯤 나왔다 들어갔다. 아무래도 거성도사의 예언이 현실로 이뤄진 듯싶었다. 더 큰 게 터진다더니 바로 이거였나. 1등보다 더 큰 2등이라는… 색다르다 못해 진기한 대박….

결국 다시 떠받들 수밖에 없는 거성도사였다. 자신의 재물 점괘는 못 맞혀도 노다지 복권방의 대박 흐름만은 제대로 꿰뚫지 않았는가. 그가 써준 '진인사대천명' 글귀도 새삼 경이로웠다. 그 글귀 앞에서 충성을 다짐한 뚝심맨이 황금 잭팟의 주인공이 됐으니 말이다.

마음속으로 거성도사에게 큰절을 하는데, 이번 당첨 건도 명당 홍보의 큰 기회라는 생각이 계시처럼 떠올랐다. 비록 1등은 아니지만 콘셉트만 잘 살려 선전하면 노다지 복권방이 한 번 더 날개를 펼 수 있을 것 같았다. 무슨 말이 좋을까. 간명하게 핵심을 찔러야 하는데.

퇴근 후 잠자리에서도, 다음 날 출근한 뒤로도 머리를 쥐어짜다시피 한 끝에 민구는 오전 햇살이 실내로 들이칠 즈음 비로소 자기 맘에 쏙 드는 카피를 뽑아냈다.

1등보다 큰 2등 27억!
노다지 명당 또 일냈다!

곧장 경식에게 전화해 품평을 부탁했다.

"아무래도 노다지 복권방이 천하 명당이 되려나 보다."

덕담부터 건넨 경식은 카피에 대해서도 좋게 얘기했다.

"1등보다 큰 2등이라. 핵심을 잘 뽑은 거 같은데. 사람들이 솔깃하겠어."

"그치? 그런 거지?"

민구는 통화를 마치자마자 현수막 제작을 의뢰하러 동네 간판 가게로 향했다. 그 길에 문득 아는 기자 한 명이 떠올랐다. 빅스타 입사 동기로 꽤 가깝게 지냈던 기장수. 민구와 같은 시기에 잘렸지만 용케도 〈사건 탐색〉이라는 온라인 매체에 자리를 얻어 여태 기자 생활을 하고 있는 친구다.

그 매체의 전화번호를 검색으로 알아내 당장 전화를 걸었다. 이게 얼마 만이냐, 이십 년은 된 것 같다, 기자로 장수하니 좋겠다, 복권방 벌이가 더 짭짤하겠다. 두서없이 얘기를 나누던 중 민구가 용건을 꺼냈다. 장수의 피드백도 긍정적이었다.

"기사감으로 충분한데? 재밌겠어. 민구 너 아직 감이 살아있구나."

그러더니 덧붙였다.

"내가 데스크라 직접 가진 못하고, 후배 기자 한 명을 너희 복권방에 보낼게."

후배 기자가 노다지 복권방을 다녀간 날, 이런 기사가 〈사건 탐색〉 사이트를 장식했다.

지난 27일 로또 추첨 결과 깜짝 놀랄 일이 벌어져

화제를 모으고 있다. 2등 당첨된 복권이 전국에서 112장 나왔는데, 그중 70장이 서울 노원구 공릉동에 있는 노다지 복권방 한 곳에서 쏟아진 것이다.

더 놀라운 건 70장을 어느 한 사람이 일주일 동안 매일 같은 시간대에 구매한 걸로 추정된다는 점이다. 이날 2등 당첨금은 3,892만 원이고, 70장을 구매한 이 사람의 당첨 총액은 27억 2천4백40만 원이다(세전). 2등 당첨 확률이 136만분의 1에 이르고 그동안 회차별 평균 2등 당첨자가 77.8명이었던 걸 감안하면 이는 상당히 이례적인 일이다.

노다지 복권방 주인 노민구 씨는 행운의 주인공을 언급하며 "매일 같은 시간대에 같은 번호로 만 원어치씩 구매하는 남자 손님"이라며 그의 연령대에 대해선 "나이가 좀 있어 보이는 편"이라고만 밝혔다.

노 씨는 이어 "두 달 전 로또 1등에 이어 이번에 1등보다 큰 2등을 탄생시킴으로써 노다지 복권방이 천하의 로또 명당이란 걸 증명했다"라고 목청을 높였다. 한편, 해당 회차의 로또 당첨번호는 5, 7, 9, 11, 23, 38이었고 2등 보너스 번호는 20이었다.

기사를 읽은 민구는 기장수에게 전화를 걸어 고맙다

고 하면서도 아쉬움을 살짝 흘렸다.

"이왕 띄워 주는 거 더 세게 띄워 주었으면 좋았을 걸."

장수는 으이구, 한숨부터 쉬었다.

"왕년에 기자 생활 했다는 놈이 몰라서 그러냐? 천하 명당 같은 말 쓰면 안 되는데 네 멘트를 따서 억지로 넣은 거야. 순전히 옛정 덕인 줄 알아라."

"그래, 고맙다. 언제 술이나 한 잔 하자. 내가 한턱낼게."

건성으로 대꾸했지만 사실 민구도 잘 알고 있었다. 이 정도 기사면 홍보 효과를 충분히 낼 수 있다는 걸.

충분한 정도가 아니었다. 기대 이상의 파급효과를 몰고 왔다. 기사가 나간 지 얼마 안 돼 〈황금손〉 〈로또 스타〉 〈명당 탐방〉 등 로또 관련 유튜브 채널들이 몰려왔다. 해당 채널들은 노다지 복권방을 배경 삼아 자신들이 내세우는 당첨 비법이나 당첨 번호 예측 같은 내용을 내보냈다. 노다지 복권방을 간접적으로 홍보해 준 것이다. 그 중 〈명당 탐방〉 채널은 민구를 직접 인터뷰하기도 했다. 30대 초반의 남자 진행자가 복권방 문 앞에서 현수막을 가리키며 오프닝 멘트를 했다.

"자, 여러분. 여기가 어딘지 아시나요? 이번에 1등보다 큰 2등이 탄생한 노다지 복권방입니다."

뒤이어 그는 실내 원탁으로 향했다. 사전 약속대로 민

구는 자리에서 일어나 꾸벅 인사를 했다.

— 오늘의 주인공 노민구 사장님을 모시고 얘기 나눠 보겠습니다. 안녕하세요.

— 네 안녕하세요. 노다지 복권방을 운영하는 노민구입니다.

— 복권방 이름이 노다지인데요. 혹시 사장님이 노 씨라서 노다지인가요?

— 맞습니다. 제 성을 따서 금맥, 횡재를 뜻하는 노다지라고 지었습니다.

— 아하, 제 예상이 맞았군요. 두 달 전에 1등이 나오고 이번에 1등보다 큰 2등이 나왔다고 해서 화제가 되고 있는데요. 혹시 행운의 주인공에 대해 말씀해 주실 수 있을까요?

— 네. 그분은 매일 같은 시간대에 오셔서 똑같은 번호 여섯 개가 찍힌 로또 용지를 내미십니다. 집에서 미리 체크해 오시는 거죠. 그리고 저기 걸린 진인사 대천명 액자에 항상 거수경례를 하십니다. 아마도 그 정성과 노고를 하늘이 알아준 게 아닌가, 생각하고 있습니다. (카메라가 액자를 한동안 비춘다)

— 저 문구는 누구한테 선물 받은 건가요? 아님 직접 쓰신 건가요.

— 저 살아 숨쉬는 글귀를 제가 어떻게 쓸 수 있겠

습니까. 단골손님인 어느 도사님께서 사례 조로 써 주신 겁니다.

— 사례 조요?

— 그 도사님이 몇 날 몇 시에 자동으로 긁어달라고 몇 번 부탁하셨거든요. 이 집이 명당 혈 자리이자 길지 중의 길지라고 하시면서 말입니다. 조만간 지난번 거보다 큰게 터질 거라고 예언하시기도 했죠. 그게 다 맞는 말씀 같습니다.

— 혹시 그 도사님은 로또에 당첨되셨습니까?

— (피식 웃으며) 아니, 안 되셨습니다.

— 그렇군요. 사례 얘기가 나왔으니 드리는 질문인데요. 두 달 전 1등 맞은 분은 사장님께 사례 하셨는지.

— 음... 노코멘트 하겠습니다

— 그럼 이번에 1등보다 큰 2등에 당첨된 분이 사례할 걸로 예상하시는지요.

— 별 기대 안 합니다. 그분 덕분에 우리 복권방이 유명세를 탔으니 그걸로 충분합니다.

— 이 기회에 복권방 손님들에게 하시고 싶은 말씀이 있다면?

— 평소에 제가 많이 바쁜 관계로 친절하게 모시지 못한 점 죄송하게 생각합니다. 그렇지만 저희 복권방은 두 달 전 1등에 이어 이번에 1등보다 큰 2등이

나올 정도로 노다지 기운이 넘치는 곳입니다. 진인사대천명이라는 살아 숨쉬는 문구가 여러분을 대박으로 이끌 복권방입니다. 우리 복권방을 찾아주시는 모든 손님께 행운이 가득하길 기원합니다.

유튜브 방송이 나간 다음 날인 일요일 오후 네 시. 유명세를 타게 해준 은인, 미스터 뚝심이 다시 나타났다. 27억짜리 2등에 당첨된 날로부터 따지면 8일 만이었다. 민구는 버선발로 뛰어나가 아양을 떨었다.

"어이구, 선생님. 오랜만입니다."

"네, 반갑습니다. 그동안 잘 지내셨습니까?"

민구와 악수를 나눈 뚝심맨은 통유리창 현수막을 가리키며 말을 이었다.

"1등보다 더 큰 2등이라고 쓰여 있던데, 아주 핵심을 제대로 짚으셨군요."

"이래 봬도 제가 소싯적에 기자 생활 좀 했습니다."

민구가 멋쩍게 웃자 뚝심맨이 눈을 크게 떴다.

"오호, 그래요? 어쩐지 두뇌가 명석해 보이시더라니."

이제 보니 능청도 잘 떠시네. 민구는 하하하, 큰 웃음으로 화답했다.

잠시 후 그가 크로스백 지퍼를 열어 로또 용지 두 장을 꺼냈다. 얼핏 보니 이번에 2등 맞은 여섯 개 번호 그대로였다. 한동안 잠잠했던 뚝심맨의 소신 베팅이 다시 시작된 것이다.

"그리고 오늘은 따로 드릴 게 있는데…."

민구가 건넨 로또복권 두 장을 크로스백에 집어넣은 그가 좀 묵직해 보이는 흰색 편지봉투를 꺼냈다.

"이거 받으시죠."

"뭔가요, 이게."

"약소합니다만, 제가 드리는 사례금입니다."

"사례금요? 아휴, 제가 한 일이 뭐 있다고."

"한 일이 없긴요. 저를 매일 여기 들르게 운동시켜 주셨죠, 매일 대박 맞는 꿈에 젖게 해주셨죠. 저 액자를 저기 떠억 걸어서 마음가짐을 바로 하게 해주셨죠."

뚝심맨은 봉투에 든 금액도 밝혔다. 39만 원이었다. 1등에 당첨되면 당첨금의 100분의 1을 복권방 주인에게 사례금으로 준다는 게 평소 그의 생각이었다. 그런데 이번에 맞은 건 1등이 아니라 2등이고, 2등 당첨금은 3,892만 원이므로 그 100분의 1인 39만 원을 건넨다는 것이다.

"감사합니다. 다음엔 2등 말고 꼭 1등 맞으시길 빌겠습니다."

봉투를 받으며 민구가 너스레를 떨자 이번엔 뚝심맨이 하하하, 웃었다. 한 남자 손님이 로또를 주문하는 바람에 둘의 대화는 거기서 끊어졌지만 모처럼 나눈 훈훈한 대화에 민구는 마음 한편이 따듯해졌다. 출입문을 나서기 전 그가 액자를 향해 거수경례를 했다. 떡고물을 받은 뒤라 그런지 그의 손날이 예전보다 더 절도 있고 당당해 보였다.

민구는 그를 배웅하고 돌아와 봉투를 개봉했다. 빳빳한 오만 원권 다섯 장과 만 원권 네 장이 빼꼼 얼굴을 내밀었다. 입이 살짝 벌어졌다가 금세 다물어졌다. 사례금은커녕 생돈 떼먹고 도망친 놈의 면상이 떠올라 순식간에 기분이 가라앉았다. 그 빌어먹을 조진오인지 조지나 건빵인지 잡히기만 해봐라. 아주 그냥 뼈도 못 추리게 해 줄 테니….

또 한 번의 명당 선전과 유튜브 바람을 타고 복권방 손님은 날로 늘어났다. 지난번 1등 나온 뒤로 하루 평균 250명이던 로또 손님이 300명대로 점프했고 토토 손님도 200명에서 250명대로 덩달아 늘었다. 즉석 복권과 연금복권을 찾는 손님도 눈에 띄게 증가했다.

순익도 따라 늘었다. 4백만 원 남짓하던 월 수익이 6백만 원대로 퀀텀 점프했다. 월 칠팔백 벌이도 시간문제로 보였다. 하지만 빛이 있으면 그림자도 있는 법. 급격히 늘어난 노동량 탓에 온몸이 노곤노곤해졌다. 배달 주문한 밥을 먹을 시간조차 없이 일하다 보니 퇴근하자마자 곯아떨어지기 일쑤였다. 로또 손님이 뜸한 일요일을 정기 휴일로 삼아볼까? 하는 생각도 해봤지만 도저히 그럴 수가 없었다. 일요일엔 스포츠 경기가 많아 토토 손님이 줄을 서는데, 그 훤히 보이는 돈줄을 어떻게 외면하나. 이 고민을 풀어줄 사람 누구 없을까? 만만한 게 동종업계 사장이었다.

"말도 마라. 요즘 어찌나 힘든지 파김치가 따로 없어. 밥도 물 마시듯 먹고 있다니까. 나 이러다 골병드는 거 아닌지 몰라."

민구가 하소연하자 경식은 퉁바리부터 놨다.

"자식, 엄살은."

그러더니 간단 명쾌하게 해결책을 제시했다.

"알바 써. 알바."

"알바?"

"그래, 인마. 똑똑하고 말 잘 듣는 놈으로. 내가 얘기 안 했나? 난 벌써 알바 쓰고 있어."

경식은 두 달 전 서른 살짜리 청년을 알바로 고용했다고 했다. 그동안 가게 일을 봐주던 와이프가 애들 교육을 핑계로 집에 틀어박힌 뒤 고심 끝에 찾아낸 해결책이었다. 그 청년이 선천성 소아마비인데 복권방 일이란 게 누구나 쉽게 할 수 있는 거라 이왕이면 장애인을 고용한 거라고 부연했다.

“아침 9시부터 오후 3시까지 하루 여섯 시간 일해. 시급은 만원이고. 걔가 성실히 일해주는 덕에 내가 요즘 많이 편해졌지.”

“그렇군. 근데 너는 돈을 빗자루로 쓸어 담으니까 알바도 쓸 수 있는 거겠지만….”

부러움과 아쉬움을 섞어 통화를 끝낸 민구는 결국 경식이 간 길을 따르기로 했다. 하루에 여섯 시간 알바를 쓸 형편은 못 되니 오전 9시부터 오후 1시까지 네 시간만 쓰는 걸로.

때마침 알바감 한 명이 떠올랐다. 요 앞 고시원에 거주하는 이십 대 후반 청년. 생긴 것도 멀끔하고 인사성도 밝은 그 청년. 일주일에 서너 번 토토를 찍으러 오는데 베팅 금액이 끽해야 5천 원인 걸로 보아 돈벌이도 매우 궁한 것 같다. 오늘이라도 당장 의향을 떠보면 십중팔구 덥석 물을 것이다.

구멍난+양심

오전 아홉 시 5분 전.

강토는 고시원을 나와 노다지 복권방으로 향한다. 맞은편 골목의 오른쪽 끝에서 두 번째 점포다. 비록 알바생이지만 이곳이 강토의 첫 직장이다. 출근하는 데 2분도 안 걸린다. 걸음 수로 따지면 백 보 조금 넘으려나.

출입문 비번을 누르고 안으로 들어간다. 로또 단말기와 토토 단말기의 전원을 켠다. 가볍게 믹스커피 한 잔 마시고 일과를 시작한다.

첫 손님이 온다. 물방울 원피스 차림의 또래 여성이다. 휴일을 맞아 나들이 가는 모양이다. 핸드백 지갑에서 만 원을 꺼내더니 로또 두 장을 자동으로 긁어달란다.

사장에게 배운 단말기 조작법이 간단해서 좋다. 화면 속 〈10게임 자동/2티켓〉 버튼을 터치하면 로또 2장이 쪼르르 나온다. 수고하세요, 하는 그녀에게 미소로 답한다. 네, 좋은 하루 되세요.

취업 준비생 3년 차에 접어든 강토. 그동안 50군데도 넘는 회사에 입사 원서를 넣었지만 번번이 퇴짜를 맞았다. 서류전형에서 탈락한 게 반, 면접에서 물먹은 게 반이었다. 이유는 아무 데서도 알려주지 않지만 스스로도 짚이는 데가 있다. 3류대 축에도 못 끼는 기타 대학의 허접한 사회학과 출신이라는 것. 1년 반 전엔가 딱 한 번 붙긴 붙었다. 중소 물류기업의 고객관리팀이었는데 온종일 물품 창고 정리나 택배 상하차 같은 막일만 시키길래 3일 만에 때려치웠다.

예전엔 학교 앞 원룸텔에서 지냈다. 월세 50만 원에 관리비 5만 원이었다. 취업 절벽에 내몰리니 더 싼 데를 찾지 않을 수 없었다. 세 블록 떨어진 이 동네 고시원으로 옮긴 게 열 달 전이다. 방세는 40만 원이고 관리비는 없다. 강원도 원주에서 반찬 가게를 하는 어머니가 보내주는 돈으로 꾸역꾸역 지내고 있다. 방세 내고 휴대폰비 내고 교통비 빼고 나면 10만 원도 안 남는다. 말 그대로 궁핍한 백수의 삶을 온몸으로 실천하고 있다.

그렇다고 고향 집으로 돌아갈 수도 없다. 아들의 출

세를 위해 갖은 고생을 다 하시는 어머니를 무슨 낯짝으로 뵐 것인가. 그건 정말이지 죽기보다 싫은 일이다. 그러니 그냥 버텨야 한다. 언젠간 취업 문이 열리리란 희망으로 묵묵히 견뎌야 한다. 견디려면 독해져야 한다. 돈도 아껴야 한다. 그래서 술 담배도 싹 끊었다. 친구들도 만나지 않는다. 커피 얻어먹는 것도 한두 번이지 갈수록 눈치만 보인다.

이것저것 다 끊었지만 손에서 놓을 수 없는 게 하나 있었다. 토토였다. 술과 커피는 마셔 없애는 거고 담배는 피워 날리는 거지만 토토는 잘만 하면 돈을 버는 거니까. 넋 놓고 합격 소식 기다리느니 토토 베팅이나 하면서 시간 죽이는 재미도 괜찮았다.

마침 골목 맞은 편에 복권방이 하나 있었다. 통유리창에 로또 명당이라는 현수막이 붙어있는 복권방. 언제부턴지 1등보다 큰 2등이란 현수막이 하나 더 붙었다. 거기를 일주일에 세 번 정도 출입했다. 눈이 게슴츠레한 사장에게 꼬박꼬박 인사도 했다. 소탈한 인상이 부담 없어 좋았고 이웃과 안면 트고 지내서 나쁠 게 없었다. 인사하는 데 돈 드는 것도 아니고 말이다.

토토 중에서 주로 프로토를 했다. 야구나 축구의 승패를 알아맞히는 게임인데 그동안 딴 돈이 제법 된다. 5천원 이하를 베팅해서 5천 원도 따고 7천 원도 따고 어떤 때는 1만 원도 땄다. 물론 잃은 적도 있지만 합산해 보면 30만 원 정도 벌었다.

내 이름 강토는 강한 토토의 줄임말!

무려 1만 원 하고도 2천 원을 딴 날, 강토는 고시원 방에서 새우깡 낱알을 깨작대며 클클거렸다. 그 한마디 속에는 토토나 찍으며 연명하는 스스로에 대한 위안과 끝이 안 보이는 취업난에 대한 한숨과 그래도 희망만은 잃지 말아야 한다는 다짐이 두루 섞여 있었다.

“학생, 시간 있으면 나랑 얘기 좀 할래요?”

복권방 사장과의 인연은 시간 있느냐는 그의 말로 시작됐다. 그날도 강토는 프로토를 찍으러 복권방에 들렀다. 프로야구 한화 대 롯데 경기에 베팅할 참이었다. 공수 짜임새로 보나 최근 기세로 보나 롯데의 승리가 확실했다. 롯데 승 배당이 1.8배이니 5천 원을 걸면 4천 원을 딴다. 이 돈이면 흰밥에 김치만 나오는 고시원 식단에 참치 통조림을 얹을 수 있겠다. 그것도 두 개나. 사뿐한 마음으로 투표용지와 돈을 건네는데 사장이 대뜸 말을 걸어온 것이다. 시간이야 썩어나도록 많죠. 불쑥 떠오른 말을 꿀꺽 삼키며 호기심 어린 눈빛을 내보냈다.

“네? 무슨 일로?”

사장은 다른 손님들을 의식한 듯 곧바로 용건을 꺼냈다.

"혹시 우리 가게 알바 해보지 않을래요?"

귀가 번쩍 뜨였다. 알바건 뭐건 일자리 제의가 들어오다니. 사실 한 달 전에도 동네 사거리 편의점에서 알바를 구한다길래 찾아간 적 있었다. 알고 보니 밤샘 근무자를 구하는 거였다. 허구한 날 날밤 깠다간 취문조차 제대로 두드리지 못할 것 같아 씁쓸히 발길을 돌렸다.

"하, 하겠습니다. 자, 잘할 수 있습니다."

설마 복권방이 날밤 까진 않겠지. 마음이 급해져 말까지 더듬거렸다.

"지금은 바쁘니까 이따가 영업 끝나고 여기서 볼까? 보아하니 요 앞 고시원에서 지내는 거 같던데."

"넵, 알겠습니다!"

강토는 입사 원서 내는 데 이골이 난 청춘 아니랄까 봐 자진 납세하듯 덧붙였다.

"이따가 올 때 이력서랑 자기소개서 가져올까요?"

"응, 그러면 좋고."

이윽고 복권방 영업이 끝난 시각. 강토는 원탁을 사이에 두고 사장과 마주 앉았다.

"올해 스물여덟이고 육군 통신병으로 복무했구먼. 음, 좋아."

이력서를 살펴보던 사장은 강토가 맘에 들었는지 "좋아"를 연발했다.

"사회학 전공했고 토익은 920점이라… 음, 좋아."

면접에서 탈락할까 봐 가슴을 졸이던 강토는 그제야 입가를 슬쩍 올려 웃었다.

"영어 회화도 가능하다고? 잘됐네. 우리 복권방에 외국 손님도 가끔 오거든. 음, 아주 좋아."

결국 아주 좋은 지경까지 이르렀다. 크게 웃으면 헤퍼 보일까 봐 표정 관리하고 있는 강토를 향해 사장이 목소리를 높였다.

"합격! 당장 내일부터 출근하지."

얼마나 듣고 싶던 합격 소리인가. 강토는 하마터면 사장의 두 손을 잡고 엉엉 울 뻔했다.

"감사합니다. 열심히 하겠습니다."

강토가 허리 굽혀 인사하자 사장이 "됐고, 됐고" 하더니 근무 조건에 대해 얘기했다. 근무 시간은 오전 9시부터 오후 1시까지 하루 네 시간이란다. 오전에 바짝 일하고 나머지 시간에 취업 준비를 하면 되겠구나. 시급은 1만 원. 얼추 계산해 보니 한 달에 120만 원이다. 와, 120만 원. 어머니 얼굴이 제일 먼저 떠올랐다. 이제 돈 보내지 마세요. 취직할 때까지 내 힘으로 밥 벌어 먹을게요.

고시원에 돌아온 강토는 잠을 제대로 이루지 못했다. 드디어 일자리를 얻었다는 기쁨과 처음 해보는 일에 대한 호기심과 누구보다 잘하고 싶은 열망이 한데 어우러져 머릿속을 떠나지 않았다. 그날 롯데가 지는 바람에 생돈 5천 원 날렸지만 그건 정말이지 털끝만큼도 아쉽지 않았다.

좋은 건 거기서 그치지 않았다. 일을 해보니 완전 꿀알바였다. 로또와 토토 판매 시스템은 숙지하는 데 두어 시간이면 충분했다. 단말기 사용법은 너무 간단해서 초딩 애들도 할 수 있을 것 같았다. 로또복권과 토토 투표권을 뽑는 데 이삼 초밖에 안 걸린다. 로또 용지나 토토 투표용지를 투입구에 넣고 버튼 몇 개만 터치하면 주루룩 나온다.

게다가 로또건 토토건 기타 복권이건 모두 현찰 장사이니 신용카드 영수증을 끊어주고 자시고 할 일도 없다. 막노동 인부처럼 땀 흘려 일하는 것도 아니고 편의점 알바처럼 제품 진열하고 유통기한 점검할 일도 없다. 밀대로 바닥을 잘 훔치고 손걸레로 유리창이나 잘 닦으면 그만이다. 손님들도 별말이 없어서 좋다. 기껏해야 안녕하세요, 수고하세요, 하는 정도다.

물방울 원피스 여자가 수고하세요, 하고 나간 일요일 아침. 이후로도 손님들의 발길은 꾸준히 이어졌다. 로또 추첨 다음 날이 으레 그렇듯 로또 찾는 사람은 별로 없고 토토를 찍으러 오는 손님들이 많았다.

나도 오랜만에 토토나 찍을까. 지난 한 달간 복권방

일에 전념하느라 까마득히 잊고 있던 토토였다. 갑자기 손이 근질근질하다. 휴대폰으로 대상 경기를 훑어본다. 프로야구 두산 대 기아 경기가 눈에 들어온다. 따로 분석을 하진 않았지만 왠지 두산이 이길 것 같다. 잠들어 있던 베팅 촉이 일어섰다고나 할까.

강토는 카운터를 벗어나 오른쪽 벽면 테이블로 향했다. 토토 용지 통에서 프로토 용지 한 장을 꺼내는 데 남자 손님 한 명이 들어온다. 건장한 체구에 바투 깎은 머리가 왠지 모르게 위압감을 풍긴다.

"어서 오세요."

남자는 강토의 인사를 듣는 둥 마는 둥 맞은편 테이블 의자에 앉더니 프로토 용지 한 장을 꺼냈다. 야구 아니면 축구를 찍으려는 모양이다. 그새 카운터로 돌아온 강토는 프로토 용지를 카운터 테이블 위에 놓고 수성 사인펜 뚜껑을 열었다. 두산이 이기면 배당이 2.0배다. 5천 원 갈까, 만 원 갈까. 잠시 고민하다 돈도 버는 마당에 통 크게 한 번 지르기로 했다.

투표권을 단말기에서 추출한 뒤 지갑에서 만 원짜리 한 장을 꺼내려는 데 남자가 다가와 투표용지를 내밀었다. 그걸 받아 든 강토는 저도 모르게 핏, 콧바람 소리를 냈다. 똑같았다. 그도 두산 승리에 만 원을 베팅한 것이다. 어휴, 저랑 똑같네요, 하려다가 입을 다물었다. 말 걸어서 뭐 해. 가뜩이나 인상도 무서운데.

그가 나간 뒤에도 "별일일세, 똑같이 찍다니" 하며 구시렁대던 강토는 어느 순간 아차차, 입을 틀어막았다. 내가 만 원을 현금통에 넣었던가, 안 넣었던가. 아무리 떠올려도 기억나지 않았다. 천 원/오천 원/만 원/오만 원권 등 네 칸으로 나뉜 현금통을 뚫어지게 쳐다보았지만 답이 보일 리 없다. 사장은 보통 전날 밤 퇴근할 때 오만 원 칸엔 10장을, 나머지 칸엔 30장씩을 채워놓는다. 하지만 조금 전 그 남자 말고도 손님이 스무 명도 더 왔다 갔으니 만 원권의 정확한 시재를 알 길이 없다. 로또, 토토, 기타 복권의 판매금을 따로 구분해서 받는 것도 아니니 이 돈 저 돈이 막 뒤섞여 있을 터였다.

혹시 지갑에 다시 넣었나? 지갑을 보니 만 원짜리가 세 장 있다. 그런데 원래 몇 장이 있었는지 모르겠다. 세 장 같기도, 네 장 같기도. 에라, 그냥 냈다고 치자. 강토는 어금니를 지그시 깨물었다. 만 원이면 일당 4만 원의 25프로다. 그런 거금을 혹시라도 헛되게 날릴 수는 없지 않은가.

"별일 없었지?"

"넵, 오늘도 굿입니다."

오후 1시. 사장과 근무 교대할 때 마음 한쪽이 뜨끔했지만 태연하게 넘겼다. 사장이 현금통을 살피며 고개를 끄덕끄덕했다. 별 의심을 품지 않는 눈치였다. 하긴 손님들이 베팅한 경기 수와 그들이 낸 현금을 어떻게 일일이 대조하나. 그건 정말이지 미션 임파서블이다. 강토는 속으로 기지개를 켰다. 야호, 무사통과다!

게다가 그날 두산이 이겼다. 강토가 돌려받을 금액은 2만 원이지만 만일 시드머니 만 원이 자신의 지갑에서 나온 게 아니라면 2만 원 전부를 챙기는 셈이다. 두산이 졌다 해도 강토가 잃은 돈은 하나도 없는 거였다. 햐, 요것 봐라….

화장실 갈 때와 나올 때 마음 다르다더니 강토가 딱 그랬다. 취업난에 허덕이는 자신에게 일자리를 준 사장에게 보답은 못 할망정 그날 이후 공짜 베팅에 맛을 들였다.

어차피 사장은 현금통의 돈을 꼼꼼하게 살피지 않는다. 보아하니 한 달에 육칠백은 버는 것 같은데 나처럼 열심히 일하는 알바가 하루에 만 원 정도 공짜 베팅하는 건 괜찮지 않을까. 다른 알바생 같았으면 현금에 손을 댔겠지만 내가 또 그 정도로 양아치는 아니지. 강토는 그런 식으로 자기를 방어하고 포장했다. 언제 다시 백수 신세가 될지 모르니 기회 있을 때 돈을 모아놔야 한다고 스스로를 설득하기도 했다.

갈수록 공짜 베팅 금액도 커졌다. 1만 원에서 1만5천 원으로, 1만 5천 원에서 2만 원으로. 베팅이 적중하면 그만큼 돈을 더 챙기는 거고 베팅이 빗나가도 잃는 돈은 없으니 거리낄 게 없었다. 공짜 베팅은 여기서 하고 적중금은 옆 동네 토토방에서 찾는 재미도 꽤 스릴 있었다.

그래도 일종의 마지노선이랄까, 공짜 베팅 상한선만은 정해놓았다. 하루에 2만 원을 넘기지 않는 걸로. 사장에 대한 최소한의 의리라기보단 날마다 2만 원 넘게 베팅했다간 왠지 현금이 부족한 게 들통날 것만 같았다.

베팅 방식도 달라졌다. 승패를 맞히는 승부식 일변도에서 벗어나 특정 경기의 스코어를 맞히는 기록 식으로. 내 돈 나가는 부담 없으니 이왕이면 배당이 높은 방식을 건드린 거였다. 하지만 스코어 맞히기는 이 방면에 닳고 닳은 고수들이나 하는 것인지 열에 아홉은 빗나갔다.

결국 승패 맞히기로 돌아왔지만, 어느 날 문득 든 생각이 강토를 다시 미소 짓게 했다. 양 팀 전력이 막상막하여서 두 팀의 승리 배당이 똑같이 1.72 배일 때가 있다. 무승부 배당이 따로 없는 야구 배구 농구에 그런 경우가 적지 않다. 이때 양 팀에 만 원씩, 합해서 2만 원을 걸면 어느 팀이 이기든 1만 7천2백 원을 돌려받게 된다. 2만 원이 내 지갑에서 나갔다면 2천8백원을 잃는 거지만 공짜 베팅이므로 1만 7천2백 원은 온전한 내 수입이 된다. 그렇게 한 달이면 51만 6천 원이 쌓인다. 한 달 알바비의 절반에 육박하는 금액을 힘 하나 안 들이고 얻게 되는 것이다.

이 팀 승리에 1만 원, 저 팀 승리에 1만 원. 강토는 '양팀 베팅'을 당장 행동으로 옮겼다. 그날부터 하루도 빠짐없이 1만 7천2백 원이 손에 들어왔다. 스스로를 세뇌시키는 날도 점점 많아졌다. 이건 현금통의 돈을 훔치는 게 아니니까 괜찮아. 토토라는 사회적 메커니즘을 통해 얻는 돈이니 아무 하자 없다고. 죄책감 따윈 일절 가질 필요 없어. 그렇게 무뎌지는 양심 뒤로 은밀한 만족감이 커져가는 강토의 일상이었다.

"안녕하세요. 날씨가 참 좋네요."

화창한 어느 월요일 오전, 키가 큰 편인 백인 청년이 생글거리며 복권방에 들어섰다. 한국말 발음이 어찌나 부드러운지 목소리만 떼놓고 보면 영락없는 한국 사람이었다.

"네, 어서 오세요."

강토가 고개를 까닥하자 푸른 눈의 이방인이 이를 씩 드러내며 토토 투표권을 내밀었다. 들어올 땐 몰랐는데 오른 팔목에 블랙 팔찌를 차고 있었다.

"적중금 찾으러 왔어요."

프로축구 서울대 수원 경기를 서울 2-1승에 베팅한 투표권이었다. 토토 단말기에 투입하니 **칠십팔만 원 적중**이라는 글자가 떴다.

"와, 대단하네요. 저는 이거 하도 안 맞아서 진작에 포기했는데."

자조적으로 내뱉은 말이 쑥스러워 강토는 얼른 그의 계좌번호를 물었다.

"당첨금이 50만 원 넘으면 우리 사장님한테 카톡 넣어야 돼서요. 사장님이 손님한테 계좌 이체해 주거든요."

50만 원까지는 즉석에서 현금을 내주고 50만을 초과하면 카톡 메시지를 보내라는 게 첫날 사장한테 받은 지시였다. 적중 금액을 토토 시행사로부터 환급받는 작업은 사장이 출근해서 일괄적으로 할 거라고 했다.

이 외국인 친구가 바로 강토가 상대하는 첫 계좌이체 손님이었다. 그의 거래 은행은 신한은행이고 이름은 리오 존. 사장에게 메시지를 보내고 나니 그가 말을 걸어왔다.

"알바생이신가봐요? 저번에 왔을 땐 못 뵀는데."

"네, 오전만 알바해요."

강토도 한마디 붙였다.

"한국말이 유창하시네요."

"유창하긴요. 그냥 그런 정도죠."

잠시 뒤 리오 존의 계좌로 78만 원이 들어왔는지 휴대폰을 보던 그가 "입금됐네"하며 고개를 끄덕였다. 그는 뒤이어 오른쪽 테이블 의자에 가 앉더니 토토 투표용지 한 장을 꺼냈다.

그가 베팅한 건 축구 기록 식이었다. 이틀 뒤 벌어지

는 우즈베키스탄 대 스코틀랜드 경기를 우즈벡 2-0승에 표기했다. 배당률은 7.0배. 10만 원을 걸었으니 적중하면 70만 원을 받게 된다.

단말기에서 추출한 투표권을 내주자 리오 존이 입꼬리를 올려 인사했다. 웃는 얼굴이라 복이 따라다니나. 강토는 어쩐지 그와의 거리가 무척 가까워질 거라는 예감이 들었다.

사흘 뒤 오전 햇살을 등에 지고 리오 존이 또 나타났다. 또 돈을 찾으러 왔다고 했다. 강토는 잊고 있었지만 일전에 그가 찍은 우즈벡 2-0승 베팅이 적중한 것이다. 강토가 사장에게 카톡 메시지를 보내고 나니 리오 존이 이번엔 "실례지만" 하고 나이를 물었다.

"스물여덟인데요."

그러자 그가 손뼉을 치며 환하게 웃었다.

"와, 동갑이네. 반갑습니다."

그러곤 뜻밖의 제안을 했다.

"시간 괜찮으시면 오늘 저랑 점심 같이 하실래요? 제가 쏘겠습니다."

안 그래도 그의 정체가 궁금했던 강토는 대번에 받아들였다.

"좋아요. 저 오후 한 시에 끝나는데, 그때 뵙죠."

동갑내기 이방인과의 우정은 고기가 듬뿍 들어간 김

치찌개 전문점에서 싹을 틔웠다. 수다를 떨다 보니 자연스레 말도 놓게 됐다. 그는 우즈베키스탄에서 온 유학생으로 K대 야간대학원 경영학과에 다니고 있었다.

"내 이름 리오 존의 존(JON)은 '소중한'이란 뜻이야. 그냥 존을 빼고 리오라고 불러도 돼."

어찌 그리 한국말을 잘하느냐고 강토가 묻자, 우즈벡 대학에서 한국어과를 전공했고 한국 S전자 타슈켄트 지사에서 5년 동안 근무했다는 답이 돌아왔다. S전자 생활하면서 한국어 실력이 쑥쑥 늘었다는 거였다.

"한국 사회에 빨리 눈을 떠서 나중에 한국 관련 직업을 가지려고."

"토토도 우리나라 사회를 잘 알기 위해 하는 건가?"

리오가 손가락으로 브이 자를 만들었다.

"그렇기도 하고 생활비도 벌고, 일석이조지."

근처 커피숍으로 자리를 옮긴 뒤에도 수다는 마를 줄 몰랐다. 리오는 타슈켄트 남쪽 사마라칸트에서 빈농의 아들로 태어났다. 면화 농사를 짓는 아버지처럼 살기 싫었던 리오는 밤낮으로 공부한 끝에 타슈켄트 국립대 한국어과에 수석으로 합격했다.

"4년 장학생 혜택을 받았는데 아버지의 짐을 덜어드렸다는 게 너무 뿌듯했어. 아무도 안 보는 데서 막 춤도 추고 그랬다니까."

강토는 그의 얘기가 속속들이 귀에 들어오진 않았다. 정작 궁금한 토토 얘기는 언제 하려는지 괜스레 조바심도 났다.

강토의 마음을 읽은 듯 리오가 아메리카노 한 모금을 마시더니 토토 얘기를 꺼냈다. 토토는 한국에 와서 처음 해봤다, 벌써 1년이 넘는다, 지난주에 이 동네로 이사 왔는데 당일 오후에 노다지 복권방을 찾았다, 스코어 맞히기를 일주일에 세 번 한다, 배당률은 평균 7배고 적중률은 50프로 될까 말까라고 했다. “한 번에 10만 원씩 베팅해서 한 달에 2백만 원 정도 벌고 있지.”

“그럼 1년 동안 토토로 번 돈이 2천만 원도 넘겠네. 와, 코리안드림이 따로 없구먼.” 강토는 놀란 토끼 눈으로 질문을 던졌다.

“그렇게 잘 맞히는 비결이 뭔데?”

리오가 내놓은 답은 꾸준한 공부와 날카로운 분석이었다. 양 팀 포메이션이나 경기 스타일, 최근 흐름, 상대 전적 등 다양한 자료를 통해 전력을 파악해야 한다고 강조했다. 대표팀 차출이나 부상 선수, 경고 누적처럼 전력에 마이너스가 되는 요인도 꼼꼼히 살펴보아야 한다고 했다.

“맞는 얘기긴 한데 왠지 좀 뻔하다.”

강토의 김샜다는 반응에 리오가 손사래를 쳤다.

"아니야. 이게 말은 쉬워도 실천하기가 얼마나 어려운데. 하루에 다섯 시간 공부는 기본이야, 기본."

그래도 강토의 표정이 달라지지 않자 리오가 갑자기 오른손을 반쯤 들어 블랙 팔찌를 내보였다. 그리곤 주위를 한번 둘러보더니 입을 열었다.

"사실은 이 원석 팔찌에서 영험한 기운을 얻고 있지."

"영험한 기운?"

"아버지가 차던 건데 내가 한국 간다니까 선뜻 내주신 거야. 언제 어디서든 나를 지켜줄 거라면서. 근데 알고 보니 평범한 팔찌가 아니라 재물 팔찌네, 이게."

솔깃해진 강토는 의자를 약간 당겨 앉았다.

"대상 경기에 대한 공부를 하고 나서 방바닥에 정자세로 앉는 거야. 그런 다음 팔찌의 구슬을 손으로 오도독오도독 문지르면 베팅 촉이 서면서 스코어가 눈에 아른거린다니까."

에이, 뻥 아니야? 강토는 어이가 없어 실소를 흘릴 뻔했다. 그렇지만 그의 높은 적중률을 잘 알고 있으니 안 믿을 수도 없었다. 반쯤은 넋 나간 표정으로 팔찌를 쳐다보고 있는데 리오가 손으로 원을 그리며 "나 좀 보셔" 했다.

"내가 부탁할 게 있는데 말야."

"부탁?"

"응. 카톡 베팅 좀 해주면 안 될까 해서."

이를테면 울산 2-0 수원/7.5배/10만 원 베팅요망이라고 카톡 메시지를 보내면 그 내용대로 찍어달라는 거였다. 베팅금은 강토 계좌로 즉시 보낼 테니 베팅이 적중하면 적중금을 자신의 계좌로 보내달라면서. 예전 토토방은 가까운 데 있어서 좋았는데 여기 노다지 복권방은 도보로 십오 분 거리라 매번 오기가 힘들다는 푸념도 이어졌다.

"근데, 비대면 판매가 불법인 건 알지?"

"알지. 아니까 친구한테 부탁하는 거 아냐."

강토는 고민하는 척하면서 속으로 다른 궁리를 했다. 카톡 베팅이 불법이긴 하지만 신분이 확실한 단골손님한테 해주는 거라면 적발될 일은 없다. 지금까지 자기한테 해달라는 사람은 없었지만, 사장이 가끔 카톡 베팅 메시지를 전달 형식으로 보내오는 걸 보면 토토방마다 암암리에 하는 게 틀림없다. 그렇다면….

강토의 페이크 표정은 길지 않았다. 잠시 뒤 검지와 엄지로 동그라미를 그리며 입을 열었다.

"오케이! 내 기꺼이 해주지."

선심 쓴다는 투였지만 노림수는 따로 있었다. 모방 베팅이었다. 공부고 분석이고 원석 팔찌고 난 그런 거 몰라. 리오가 찍는 대로 따라 찍으면 배당 7배에 적중률이 반인 토토를 거저 먹는 거라고.

“땡큐, 땡큐. 수고해주는 대가로 내가 밥 많이 살게.”

리오가 환하게 웃으며 손을 내밀었다.

“좋아, 좋아. 가보자고.”

강토가 손을 맞잡자 리오가 격하게 흔들었다. 그 바람에 그의 원석 팔찌가 덩달아 출렁거렸다.

다음 주 화요일 오전 11시. 리오가 첫 메시지를 보내왔다.

— 친구 안녕. 서울 2-1 부산/7.8배/10만 원 베팅 요망.

— 오케이. 접수.

모바일 계좌를 여니 베팅금 10만 원이 들어와 있었다. 강토는 리오의 메시지를 사장과의 일대일 카톡방에 올리고 리오가 보낸 돈은 사장 계좌로 송금했다. 이대로 진행하겠다는 뜻이었다.

며칠 전 리오에게 부탁을 받은 뒤 강토가 먼저 한 일은 사장한테 허락을 받는 것이었다. 여차저차 상황을 설명하자 사장이 으음, 하며 안 그래도 가느다란 눈을 더 가느다랗게 만들었다.

“너, 암행 감찰관이라고 들어봤지? 한 번에 십만 원 넘는 베팅이나 카톡 베팅, 전화 베팅 같은 걸 적발하러 다니는 사람들 말야. 그 사람들한테 걸리면 얄짤없어. 바로 영업정지야.”

잉? 그래서요? 리오 부탁을 들어주지 말라고요? 살짝 긴장했는데 사장이 한 박자 느리게 덧붙였다.

“그 외국인 친구가 감찰관일 리는 없을 테니… 해 줘, 해 줘.”

그때 그 “해 줘, 해 줘”라는 말이 어찌나 달콤하게 들리던지 가슴이 다 녹아내릴 것만 같았다.

강토의 첫 카톡 베팅이 시작됐다. 리오 부탁대로 서울 2-1 부산을 표기한다. 투표권을 출력해 손바닥 크기 황금 봉투에 담는다. 겉면에 ‘리오’라고 써서 서랍에 넣어둔다. 다음은 모방 베팅이다. 오후에 사장과 근무 교대를 한 뒤 옆 동네 토토방으로 향한다. 리오의 카톡 메시지를 보며 그대로 따라 찍는다.

베팅 금액은 한 번에 5만 원. 다른 토토방에서 찍는 거라 공짜 베팅을 할 수가 없어 그동안 번 돈에서 꺼내야 한다. 어쨌든 리오 베팅금의 절반을 베팅하는 것이니 한 달 수입도 리오의 절반인 100만 원 남짓일 것이다. 거기에 노다지 복권방에서 공짜 베팅을 하며 매달 51만 6천 원을 챙길 수 있다. 아, 꿈같은 세상. 한 달에 150만 원 남짓한 돈을 힘 하나 안 들이고 꿀꺽할 수 있다니.

꿈같은 세상은 현실로 다가왔다. 긴가민가했던 리오 베팅의 적중률이 실제로 절반에 이르렀다. 하도 신기해서 사장한테 넌지시 물어보았다. 그 친구가 그러는데, 순 재물 팔찌 덕이라는데요? 사장의 시큰둥한 답변이 돌아왔다. 재물 팔찌는 얼어죽을. 걔가 그만큼 분석도 열심히 하는 데다 타고난 수덕도 좋은가 보지. 도박할 때 손대는 대로 잘 맞아 나오는 운수 말야.

뭐 어쨌든 기뻐 날뛰지 않을 수 없는 나날이었다. 공짜 베팅으로 종잣돈을 벌고 종잣돈을 모방 베팅에 투입해 세 배로 불린다. 순수 알바비 120만 원을 합하면 월 3백만 원에 달하는 수입이다. 이건 뭐 대기업에 취업한 거나 다름없잖아. 강토는 날이면 날마다 휘파람을 불어대고 어퍼컷을 허공에 날려댔다.

문제의 그날, 강토 귀에 꽂힌 건 사장의 송곳 같은 한 마디였다. 근무 교대를 위해 카운터를 막 벗어나던 참이었다.

"너 요즘 토토 하지?"

강토가 굳은 듯 멈춰 섰다. 사장이 바로 말을 이었다.

"알바하기 전에도 뻔질나게 하던 건데 안 할 리가 있나."

뻔질나게. 그 말에선 어쩐지 '난 네가 하고 있는 뻘짓거리를 다 알고 있다'는 뉘앙스가 풍겼다.

"네, 네. 하, 긴 하죠."

강토가 더듬거리자 사장이 입가를 살짝 뒤틀었다.

"근데, 돈은 내고 하냐?"

헉! 올 것이 온 건가. 귀빰이 훅 달아올랐다. 하지만 여기서 우물쭈물하면 모든 게 들통난다.

"당연하죠. 그건 베팅러의 기본 아닙니까?"

또박또박 목청을 높였다. 사장이 애매한 미소를 띠었다.

"그래? 그렇다면 다행이고. 수고했다, 잘 들어가라."

"네, 수고하십쇼."

강토는 허리 굽혀 인사하고 복권방을 허둥지둥 벗어났다. 아무래도 사장이 눈치를 챈 것 같다는 생각이 졸졸 따라붙었다. 후유, 이제 삥땅은 그만 쳐야겠다. 꿀알바 자리까지 잃을라. 그냥 리오 모방 베팅이나 열심히 하지 뭐. 강토는 아쉬움을 진하게 삼키며 고시원 쪽으로 발걸음을 재촉했다.

마지막 + 잎새

새벽에 눈을 뜬 진오는 습관처럼 머리맡의 휴대폰을 집어들었다. 다음 순간 그의 입에서 튀어나온 건 로또 1등 당첨 때 못지않은 탄성이었다.

"와, 대박! 4천 뚫었다!"

그가 투자한 비트코인 시세가 4천10만 원을 가리키고 있었다. 어젯밤 잠들기 전에 봤던 3천3백만 원보다 무려 7백만 원이나 상승했다. 요 며칠 3천만 원 초중반대에서 숨 고르기 하는 모습을 보이더니 하룻밤 새 폭등을 한 것이다.

좋은 뉴스라도 떴나? 화면을 훑어보니 세계 최대 자산운용사 블랙록이 비트코인 현물 ETF 상장을 신청한 것이

호재로 작용했다는 뉴스가 보였다. '거물' 블랙록이 움직이자 암호화폐가 제도권 금융에 편입될 수 있다는 기대감이 커졌다는 것이다.

"현물 ETF란 게 뭔지 몰라도 나한테는 엄청 좋은 건가 봐. 하하."

자기 말에 도취해 웃던 진오는 "어디 보자" 하며 자산 내역을 들여다보았다.

"4천10만 원이 58개니까 23억 2,580만 원이구나. 크하하."

튀어나오는 건 웃음뿐이었다. 개당 1,720만 원에 10억 원어치를 산 비트코인의 가치가 23억으로 늘어나다니. 꿈인지 현실인지 분간이 안 돼 뺨을 연신 꼬집었다.

"태산이 말 듣길 잘했지. 바카라 붙잡고 늘어졌으면 피 같은 돈 다 날렸을지도 몰라."

벌써 넉 달이나 지났다. 바카라 미련을 깨끗이 털고 서울 집으로 돌아온 건. 그때 진오는 남겨둔 절반의 돈으로 때깔 나는 삶을 살기로 마음먹었다.

당장 새 거처부터 구했다. 눅눅한 반지하 방을 벗어나 햇볕 잘 드는 주거용 오피스텔에 둥지를 틀었다. 나뭇결이 그대로 느껴지는 원목마루와 최신형 빌트인 냉장고에 벽걸이 에어컨까지, 웬만한 신혼 살림집 저리가라였다.

대리운전도 때려치웠다. 고달픈 야간 운전에 진상 손

님의 갑질을 감내하는 일은 돈 없고 힘없는 하류 인생들이나 하는 짓이었다. 내친김에 근사한 신차도 구입했다. 웬만한 외제 차 부럽지 않다는 그랜저 승용차였다. 머리를 식히고 싶을 때나 기분 전환하고 싶을 때면 차를 몰고 서울 근교로 드라이브를 나갔다.

비트코인이 알아서 몸집을 키워가는 판에 강원랜드까지 가서 몸 축낼 일도 없었다. 도박 사이트에서 인터넷 바카라를 하며 끽해야 하루 5만 원도 안 되는 돈으로 시간을 보내면 그만이었다.

그렇다고 마냥 편한 생활만은 아닌 게, 진오가 일찍이 경험하지 못한 결정적 문제가 하나 있었다. 바로 비트코인이 24시간 거래된다는 것. 가상자산에 투자한 사람은 누구나 그렇겠지만, 10억이 넘는 큰돈을 쏟아부은 진오로선 한시라도 한눈을 팔 수 없었다. 밤낮으로 돌아가는 시세판에 신경을 곤두세우다 보니 어떨 땐 영혼을 빼앗긴 좀비가 된 기분이 들기도 했다.

드라이브를 할 때도, 인터넷 바카라를 할 때도, 심지어 밥알을 입안에 넣을 때도 휴대폰 화면에 눈길이 돌아갔다. 잠이야 말해 뭐하나. 비트코인에 투자한 뒤로 단 하루도 푹 잔 날이 없다. 많아야 서너 시간? 밤늦게까지 시세판을 보다가 깜빡 잠이 들기 일쑤였고 흠칫 놀라 눈을 뜨면 그대로 켜져 있는 시세판과 맞닥뜨리곤 했다. 비트코인이 지금은 상승곡선을 타고 있지만 언제 어떻게 고꾸라질지 몰라 마음은 늘 불안했다. 바카라로 띵까띵까 하다가 한순간에 나락으로 떨어진 악몽이 재현될까 봐 도무지 긴장의 끈을 놓을 수 없었다.

그래도 오늘은 4천 돌파 기념 드라이브나 나가볼까.

진오는 이불을 박차고 일어났다. 커튼을 열어젖히자 푸른 새벽빛이 밀려들었다. 숨을 들이마시니 콧속을 넘어 목구멍까지 시원한 바람이 밀려들었다. 그 와중에도 시세판을 한번 들여다보았다. 아까보다 3만 원 오른 4,013만 원이었다.

이왕이면 태산이를 옆에 태우자. 바카라는 그만하고 비트코인에 투자하라 했던 태산. 내 재산이 불어났듯 제 돈도 늘어났을 태산이야말로 드라이브 파트너로 딱이었다.

"내가 오늘 너한테 또 보너스를 줄까 하는데."

통유리창 너머로 북한산 계곡이 훤히 보이는 음식점에서 진오가 운을 뗐다. 태산의 눈자위가 희번덕거렸다.

"4천 뚫은 기념으로? 아이고, 감사합니다."

안 그래도 오는 차 안에서 떡고물 바라는 눈빛을 감추지 않던 그였다.

"자, 큰맘 먹고 백만 원 쏜다."

큰맘먹고, 라고 티를 냈지만 태산의 반응은 시큰둥했다.

"겨우 백만 원?"

"왜, 적어?"

"당연히 적지. 못 돼도 3백은 돼야지. 내 말 듣고 질러서 10억도 더 벌어놓고, 뭐야, 쩨쩨하게. 난 여태 2천만 원도 못 땄구먼."

진오는 풋, 참았던 웃음을 내뿜었다.

"내 그럴 줄 알았지. 하여튼 잔머리 대마왕이라니까. 네가 그렇게 나올 줄 알고 일부러 백만 원 부른 거다, 임마. 3백만 원 준다 했으면 아마 5백으로 올렸을걸?"

태산이 쑥스러운 듯 뒤통수를 긁었다.

"부처님 손바닥에서 놀고 있네요, 제가."

3백만 원을 이체시키자 때마침 육회비빔밥이 나왔다. 한우 육회와 시금치, 볶은 당근이 담긴 그릇에 잡곡밥을 넣어 슥삭슥삭 비비던 태산이 뜬금없는 질문을 던졌다.
"돈도 많이 벌었는데 이제 그만 형수를 찾아야 되는 거 아니에요?"

밥 한 수저를 입에 넣고 우물거리던 진오는 그 순간 헛구역질을 했다. 급히 손으로 입을 가려 밥알이 튀어나오진 않았지만 대답을 하기까진 시간이 좀 걸렸다. 테이블 위에 놓인 물컵을 급히 마신 뒤 입을 열었다.

"찾긴 뭘 찾아. 아들놈 데리고 어떤 돈 많은 영감의 후처로 들어갔다던대."

여동생 진숙한테 들은 얘기였다. 전처는 수년 전 요양 보호사 자격증을 따 방문 요양 일을 시작했다. 그런데 작년 봄엔가, 몇 달째 돌보던 부잣집 노인이 같이 살자고 한 모양이었다. 이후 혼인신고를 하고 정식 부부가 됐는데 노인의 전처 자식들과 재산 문제로 갈등을 겪고 있지만 노인과는 아주 잘 지낸다고 했다.

"그렇구나. 근데 헛구역질은 왜? 형수 얘기하니까 속이 메슥거렸나."

"당연하지. 아무리 늙은 영감이라도 다른 남자 품에 안긴 년이 뭐가 좋겠냐? 그 여자 얘기라면 이제 입도 뻥긋하지 마."

그때만 해도 그런 건 줄 알았다. 몇 숟갈 더 뜨다가 헛구역질을 또 했지만 재수 없는 전처 얘기에 속이 뒤틀렸거니 했다.

어두운 운명의 그림자가 다가오고 있음을 알게 된 건 그로부터 며칠 지난 날의 새벽이었다. 여느 때처럼 설핏 잠들었다가 깨어나 휴대폰을 보는데 쌍소리가 절로 튀어나왔다. 비트코인 시세가 잠들기 전에 봤던 것보다 8백만 원도 더 떨어진 3,200만 원을 가리키고 있었다. 총 자산은 4억 6천만 원이 줄어든 18억 6천만 원대였다.

"단 몇 시간 만에 이렇게 쪼그라들었단 말야?"

뉴스를 훑어보니 파월 미 연준 의장이 매파적 발언을 한 게 원인이었다. 올해 금리를 두 번 연속 인상할 수 있고, 앞으로 더 많은 제약을 가할 수 있다나 어쨌다나.

비트코인 투자 이래 처음 겪는 폭락에 진오는 속이 다 뒤집어질 지경이었다. 등줄기에 식은땀이 줄줄 흘렀고 입에선 연신 헛구역질이 나왔다. 비트코인도 바카라처럼 한 방에 훅 가는 거 아냐? 더 떨어지기 전에 그만 돈을 빼야 하나? 이런저런 불안이 머릿속을 휘젓는 동안에도 구역질은 멈추지 않고 계속 이어졌다. 그러더니 헉, 이게 뭐야? 피 섞인 가래까지 튀어나오는 게 아닌가. 더 놀란 건 얼마 뒤 화장실에서 볼일을 볼 때였다. 아랫배가 싸하게 아픈가 싶더니 대변에 검붉은 피가 묻어있었다. 그제야 진오는 몸에 큰 이상이 생겼다는 걸 알게 됐다. 단순히 전처 얘기에 속이 뒤틀린 게 아니라, 비트코인이 갑자기 폭락해서 고통스러운 게 아니라, 생명 자체가 위험한 상태라는 걸 깨달은 것이다. 나도 혹시? 순간 위암 투병하다 돌아가신 아버지가 떠올랐다. 원래 가족력이 제일 무섭다던데…. 진오는 부랴부랴 종합병원 응급실을 찾았고 몇 시간에 걸쳐 내시경, CT, MRI 등 각종 검사를 받았다.

진오에게 내려진 진단은 그토록 걱정했던 위암이었다. 그것도 암세포가 이미 다른 장기까지 퍼진 4기. 진오는 그야말로 하늘이 무너지는 충격에 휩싸였다. 위암이란 게 초기엔 특별한 증상이 없고 위염이나 위궤양 같은 다른 위장 질환과 구분하기 어려워 상당히 진행된 뒤에 발견되곤 한다는 의사의 설명이 이어졌다.

"이게 전이가 안 됐으면 위절제술을 통해 생존율을 높일 수 있는데 전이가 된 바람에 저희로서도 어떻게 손쓸 방법이 없네요."

무너진 하늘에 솟아날 구멍조차 없다는 말이었다. 잠시동안 멍한 눈으로 차트를 바라보던 진오가 겨우 힘을 내 물었다.

"그럼 저는… 얼마나… 더 살 수 있나요?"

"글쎄요. 말씀드리기 그렇지만… 한 6개월 정도"

의사는 통증이 점점 심해질 거라며 마약성 진통제를 처방해 주더니 서랍에서 명함 한 장을 꺼냈다.

"제 후배가 운영하는 암 환자 전용 요양병원인데요. 깊은 산속에 있어서 여러모로 좋습니다. 맑은 공기 마시며 재활 치료도 할 수 있고, 인근 바닷가에서 산책하기도 좋고요."

남은 인생을 두메산골에 짱박혀 지내라, 이 말이네. 진오는 명함에 적힌 충남 태안군 어쩌구 하는 주소를 보며 구시렁거렸다. 그 반작용인지 이대로 삶을 마감할 수 없다는 오기가 울컥하고 솟았다. 오기는 확신으로 이어졌다. 분명 오진일 거야. 저 새끼 저거 돌팔이라고.

다음 날 다른 병원을 찾았다. 돈은 얼마가 들어도 좋으니 제발 수술 좀 받게 해달라고 애원했다. 소용없었다. 너무 늦어 손을 쓸 수가 없다는 앵무새 같은 답변만 돌아왔다.

더 이상 잡을 지푸라기가 없었다. 집까지 어떻게 돌아왔을까. 정신을 차려보니 침대에 누워 있었다. 이불을 푹 뒤집어쓴 채 마음을 다스리려 했지만 주체할 수 없는 분노의 기운만 솟구쳤다. 벌떡 일어나 운명의 신을 향해 삿대질 치고 싶었다. 사람 팔자 가지고 장난을 쳐도 유분수지, 돈방석에 앉혀놓고 목숨 내놓으라고? 진오는 끝내 울음을 터뜨리고 말았다. 왜… 내가 왜… 무슨 죄를 지었다고… 이런 가혹한 형벌을….

돌아보면 위장을 너무 혹사시켰다. 바카라로 재산을 홀랑 날렸을 땐 밤낮으로 술독에 빠져 지냈다. 대리기사 시절에도 일 마치고 오면 소주 한 병에 라면 한 그릇을 해치우고 잠을 청했다. 식사 시간도 들쭉날쭉했고 간편한 인스턴트나 배달 음식으로 끼니를 때우기 일쑤였다. 하루 두 갑 피우는 담배와 공복에 즐겨 마시던 믹스커피도 위 건강을 갉아먹었을 것이다. 비트코인도 자신을 폐인의 길로 내몬 주범이었다. 건강을 잃으면 모든 걸 잃는다는 걸 망각하고 시세에만 온 신경을 쏟았으니 몸이 안 망가지고 배기는가 말이다.

후회되는 건 또 있었다. 건강검진을 제때 받았더라면, 가족력을 의식해 단 한 번이라도 받았다면 이 지경이 되도록 손 놓고 있지는 않았을 텐데. 귀찮다고 안 받고, 괜찮겠지, 하고 외면하다가 결국 이 화를 부른 것이다.

진통제를 복용하니 통증도 다소 가라앉고 구역질도 점점 줄어들었다. 그래도 휴대폰은 쳐다보지 않았다. 비트코인 시세고 뭐고 다 귀찮았다. 모든 게 부질없었다. 이제 와서 후회한들 뭐하고 신에게 따진들 뭐 하나.

희뿌연 빛이 유리창을 적시는 새벽에 진오는 퉁퉁 부은 눈가를 손등으로 문질렀다. 부모님을 비롯해 죽어서 곁을 떠난 이들을 하나둘 떠올린 지난밤. 자신이라고 별다를 건 없었다. 아무리 발버둥 쳐봐야 뾰족한 답이 없었다. 언젠가 바카라를 스톱했듯 이제 그만 모든 걸 스톱하고 내려놓는 것밖에는. 남은 생의 일분일초를 소중히 보내자고 다짐하는 것밖에는. 인생이라는 도박판에서 승리하는 길은 그것뿐이라고 애써 위안을 하는 것밖에는….

우선 비트코인부터 팔기로 했다. 당장 태안의 요양병원에 입원해 지내려면 수천만 원은 필요할 것이다. 나머지 큰돈도 저승에 싸갈 것도 아닌데 챙길 사람이나 챙겨야겠다. 하나뿐인 여동생 진숙… 하나뿐인 아들 우빈이… 터놓고 지낸 후배 태산…그리고 그 외….

시세를 보니 일전에 폭락했을 때보다 2백만 원 오른

3천7백만 원 선이었다. 떨어진 것보다야 낫지만 그렇다고 캬, 하는 감탄사를 뱉을 순 없었다. 이 판국에 캬는 무슨. 덤덤한 마음으로 58개 전량 매도 버튼을 클릭했다. 매도 총액은 21억 4,600만 원. 투자금의 2배였다.

지금 팔아도 이틀 뒤에나 현금으로 인출할 수 있는 주식과 달리 비트코인은 즉시 빼낼 수 있어 좋았다. 업비트에 가입할 때 연결된 은행으로 전액을 이체시켰다. 원룸텔 보증금과 그랜저 구입비, 그동안 쓴 생활비를 제외하고 7억 1천만 원 남아있던 계좌가 단숨에 28억 5천만 원으로 불어났다.

챙겨야 할 사람으로 가장 먼저 떠올린 이는 여동생 진숙이었다. "내가 무슨 죄를 지었냐"고 울부짖기도 했지만 가만 생각하니 죄가 있었다. 진숙 덕분에 로또 1등 당첨돼 놓고 아무 일 없다는 듯 오리발 내민 죄. 남매간에 의좋게 나눠 쓰라는 게 아버지의 뜻이었을 텐데 그 거룩한 뜻을 정면으로 거역한 죄.

"그러니까 너도 몸조심해. 건강검진 제때제때 받고."

다음날 진오는 여동생을 만나 자초지종을 털어놓은 뒤 당부의 한마디를 덧붙였다. 저무는 햇살이 유리창 너머로 보이는 동네 카페에서였다. 위암 말기라는 말에 놀라 얼굴이 하얗게 질려있던 진숙은 손에 얼굴을 묻으며 고개를 끄덕였다.

“미안해 오빠. 내가 많이 챙겼어야 했는데, 먹고 살기 힘들어 들여다보질 못했네.”

오빠처럼 커다란 여동생의 눈에서 닭똥 같은 눈물이 주루룩 흘러내렸다.

“미안하긴. 이게 다 인생을 무대뽀로 살아온 내 업보려니 하고 있다.”

진오는 한숨을 길게 내뱉고 나서 본론을 꺼냈다.

“만나자고 한 건… 그동안 모아둔… 돈이 있는데 말야.”

진숙이 두 손을 떼더니 미안한 표정으로 대꾸했다.

“어떡하지, 오빠? 나 돈 별로 없는데.”

도와달라는 말로 잘 못 알아들은 모양이었다.

“돈 꿔달라는 게 아니라, 내 돈을 주겠다고. 피붙이인 너한테.”

진숙이 급히 손을 저었다.

“주긴 뭘 줘. 그 돈으로 오빠 치료비나 해요.”

그깟 돈 얼마나 되겠냐는 투였다. 진오는 콜록콜록 나오는 기침을 손수건으로 막으며 금액을 흘렸다.

“한 5억 되는데.”

진숙의 입이 동그랗게 벌어졌다.

“5억? 5백이 아니라 5억?”

“그래, 5억. 그동안 내가 열심히 일해서 번 돈이야. 먹으면 탈 나는 거 아니니까 안심하고 받아"

아버지 꿈값이란 말은 하지 않았다. 로또 1등 당첨금 먹고 입 닦았다는 걸 이제 와서 자백할 수는 없었다. 그건 정말이지 무덤까지 가져갈 비밀이었다.

"계좌 불러봐. 바로 쏠게."

꼴깍꼴깍. 마른침을 삼키던 진숙은 바닐라라테를 거의 원샷으로 비웠다.

"치료비는 있는 거야? 요양병원 간다며? 내가 자주 면회가야겠네. 어디라고? 충남 태안? 서울에서 두 시간 걸리려나."

갑자기 여동생의 목소리가 활기를 띠었다. 진오는 "그래, 그래, 고맙다" 하며 그녀의 말을 잘랐다.

"부탁이 하나 있는데…."

"뭔데? 뭐든지 말해봐요."

"우리 우빈이 얼굴 한번 볼 수 있을까? 애 엄마하곤 당최 연락이 안 돼서 말야."

12년 전 갈라선 뒤로 한 번도 못 본 아들이었다. 그새 중학생이 됐을 아들을 죽기 전에 꼭 보고 싶었다. 그런데 언제부턴가 전처 휴대폰은 신호만 갈 뿐 받지를 않는다. 목소리조차 듣기 싫어 수신 차단을 해놓은 모양이었다.

"양육비 준다고 하면 데리고 나올 거야. 넉넉하게 준다 그래."

"알았어요, 올케가 나하곤 통화가 되니까."

진숙은 말끝에 "아차, 깜박했네" 하고 덧붙였다. 별 관심 없었는데 문득 생각났다는 투였다. 뒤이어 휴대폰을 열고는 손가락을 이리저리 놀렸다. 알고 보니 자신의 계좌번호를 진오에게 문자 메시지로 보낸 것이었다.

잠시 뒤 진오가 5억을 보내자 진숙은 휴대폰을 보며 한쪽 뺨으로 설핏 웃음을 지었다가 이내 입술을 꾸욱 다물었다. 생각지도 않은 돈벼락을 맞은 흥분과 다 죽어가는 오빠를 대하는 착잡함이 묘하게 엇갈리는 표정이었다.

서울을 출발한 지 한 시간 지났을까. 그랜저는 서해고속도로를 지나 태안 국도로 들어섰다. 내비게이션을 보니 은혜요양병원까지 남은 시간은 30분이었다. 진오는 길가에 늘어선 나무숲을 향해 코를 벌름거리며 생각했다. 이게 만일 힐링 여행을 온 거라면 얼마나 좋을까. 운전대를 잡은 태산이 넉살스럽게 입을 열었다.

"파란 하늘에 신선한 공기가 아주 끝내주네. 형이랑 진작에 이런 데를 놀러 와야 했는데. 이왕이면 아가씨 두 명 끼고 말야."

퀭한 눈에 홀쭉 파인 뺨. 요 며칠 새 부쩍 초췌해진 진오의 얼굴에 잠시 웃음기가 돌았다. 그런 진오를 흘깃 보며 태산이 물었다.

"그나저나 우빈이는 잘 크고 있대요?"

"응. 그 영감탱이가 많이 아껴준대. 마누라 말로는 그래."

여동생 진숙을 만난 사흘 뒤 진오는 같은 장소에서 전처와 만났다. 빈털터리가 돼 이혼한 지 12년 만이었다. 귀엽고 아담했던 몸매는 간데없고 동글동글한 얼굴에 몸집은 펑퍼짐하게 퍼진 아줌마가 돼 있었다. 돈 많은 영감과 잘 먹고 잘산다더니 살만 뒤룩뒤룩 찌셨구먼. 진오는 손을 흔드는 대신 비웃듯 입꼬리를 올렸다. 그 입꼬리가 몇 초 되지도 않아 내려갔다. 그녀가 혼자 나왔다는 걸 감지한 뒤였다.

"우빈이는?"

"학원 갔어요. 영어학원."

"일요일에 무슨 학원을 가?"

"요즘 세상에 일요일이 어딨어요? 머리 싸매고 공부해도 낙오할까 말까 하는 판에."

"아무리 그래도 아빠가 보고 싶어 하는데 데려와야 되는 거 아냐?"

그러자 전처가 작심한 듯 열변을 토했다. 우빈이는 아빠가 고기잡이배를 타고 먼 바다로 나갔다가 행방불명된 걸로 알고 있다, 이제 와서 아빠가 살아있다는 걸 알면, 게다가 말기 암 환자라는 걸 알면 예민한 사춘기에 받는 정신적 충격이 엄청날 것이다, 지금 함께 사는 분이 친아들 대하듯 잘 보살펴주고 있다, 그러니 가족을 위해 희생한 아빠로 우빈이 기억에 남는 게 좋지 않겠냐는 것이었다.

진오는 금붕어처럼 입술만 뻐금댔다. 처자식 내팽개칠 땐 언제고 무슨 낯으로 아들을 찾느냐는 데 딱히 대꾸할 말을 찾지 못했다. 그녀 말마따나 가족을 위해 희생한 아빠로 남는 게 그나마 속죄하는 길이라는 생각도 얼핏 들었다.

"그럼, 당신도 나올 맘 없었는데, 양육비 준다니까 나온 거였군."

몇 초간 침묵 끝에 꺼낸 진오의 말에 그녀가 창밖으로 시선을 돌리며 답했다.

"좋을 대로 생각해요."

사흘 전 돈 준다고 했을 때 여동생이 지었던 표정의 복사판이었다. 그깟 양육비 몇 푼이나 되겠냐는. 뒤이어 무거운 정적이 찾아왔다. 녹차라테 잔이 다 비워질 즈음 진오가 다시 입을 열었다.

"오늘은 계좌번호나 주고 가. 양육비를 보낼지, 보낸다면 얼마를 보낼지 좀 더 생각해 볼게."

잠시 뒤 둘은 자리에서 일어섰다. 진오에 대한 연민이었는지 뒤늦게 환심을 사려는 거였는지 전처가 갑자기 진오 손을 꼭 잡았다. 팔뚝 살이 예전보다 두 배는 굵어 보였다.

"우빈 아빠, 용기 잃지 말고 힘내요. 우빈이는 내가 잘 키울게요."

"그래…."

당신이 알아서 잘해. 진오는 목이 메는 것 같아 뒷말을 뱉지 못했다.

전처가 했던 그 말. 우빈이는 내가 잘 키울게요, 라는 말의 여운을 곱씹고 있을 때 태산이 다시 말을 걸어왔다.

"그래서 양육비는 어떻게 할 건데요? 내 생각엔 보내는 게 맞는 것 같은데, 그놈의 액수가 문제네."

"액수가 문제라니?"

"20억 다 보내는 건 너무 많지 않나 해서. 그 영감도 부자인데 말야."

잔머리 대마왕이란 인식이 깊게 박혀서일까. 어쩐지 자기한테 좀 더 떼어달라는 소리로 들렸다. 현금 3천만 원과 그랜저로는 성에 안 찬다 이건가? 어이가 없기도 했지만 한 푼이라도 더 먹으려고 머리 굴리는 그 모습이야 말로 살아있는 증표인 것 같아 내심 부럽기도 했다.

진오는 이틀 전 태산에게 그랜저 명의를 이전해 가라며 키를 넘겼다. 거기에 오피스텔 주인한테 돌려받은 보증금의 절반인 3천만 원까지 보내주었다. 자신이 요양병원에 들어가면 일주일에 한 번 면회 오고, 올 때마다 태안

앞바다로 데려가 휠체어 산책을 시켜주는 조건이었다.

그러고 남은 돈이 23억 남짓. 일단 요양병원에서 여생을 보내는 데 필요한 돈으로 3억을 잡았다. 쓰다 남은 돈은 요양병원에 기부한다 치고, 나머지 20억을 어떻게 할까? 아들 양육비로 다 보낼까, 아니면, 어디 다른 데에…. 그 고민을 태산이 툭 건드린 거였다.

"저기, 태산아."

골똘히 생각하던 진오는 운부터 떼고 봤다. 그다음 자기 입에서 무슨 말이 튀어나올지 자신도 궁금했다.

"네."

태산이 기대에 찬 눈빛으로 옆을 쳐다봤다.

"너 있잖아…."

"네, 형."

"너어… 민구형 좀 만나볼래?"

그 순간 자신도 놀랐다. 거기서 왜 그 인간이 나오나. 이게 진짜 속마음이었나.

"민구 형님은 왜요? 연락도 하지 말라며?"

"그게 그러니까… 내가 그 형한테 죄지은 게 있거든."

또 한 번 놀랐다. 죄라니, 그깟 먹튀가 무슨 죄라고. 반씩 나누자고 계약서를 쓴 것도 아니고. 하지만 자기 안의 누군가가 자꾸 죄를 시인하라고 다그쳤다.

"약속한 돈을 안 주고 튀었어, 내가. 이제라도 주고 싶은데 전화로 불쑥 계좌번호 묻기도 그렇고. 찾아가자니 이 모양 이 꼴이고. 그러니까 네가 민구 형을 만나서 얘기를 잘 풀어보란 말이야. 여차하면 태안으로 모시고 오든가.”

진오는 그날 밤 있었던 일을 태산에게 소상히 들려주었다. 얘기를 할수록 가슴에 얹혀있던 돌덩이가 어디론가 치워지는 기분이었다. 귀를 쫑긋 세운 태산이 우와와? 그런 일이 있었어? 그래서 복권방에 얼씬도 하지 말라고 한 거였구나, 하며 요란하게 추임새를 넣었다. 저만치 은혜요양병원 간판이 눈에 들어오기 시작했다.

뒤통수를 쳐?

복권방 영업을 끝낸 밤 10시.

CCTV를 돌려 보던 민구는 이잉? 하며 고개를 외로 꼬았다. 화면 속 강토의 움직임이 심상치 않았다. 때는 오전 11시 57분. 강토가 토토 용지 두 장을 단말기 투입구에 연달아 넣는다. 주위엔 아무도 없다. 잠시 뒤 투표권을 출력해 지갑에 넣는다. 그런데 현금통에 돈을 넣지 않는다.

처음엔 리오라는 외국인 친구의 부탁을 들어준 건가, 했다. 그게 아니라는 건 금세 알 수 있었다. 투표권을 왜 자기 지갑에 넣나? 황금 봉투는 왜 안 보이고?

시간대를 앞으로 더 돌리니 오전 10시 10분에 리오가 부탁한 카톡 베팅 장면이 나온다. 투표권을 출력해 황금

봉투에 담고 봉투 겉면에 리오로 추정되는 글씨를 쓴 뒤 서랍에 넣는다. 저게 리오 거 맞네. 그렇다면 조금 전에 본 오전 11시 57분 장면은? 민구는 그제야 탄식을 토했다. 이놈이 삥땅을 치는구나. 보는 눈 없을 때 공짜 베팅을 하고 있어. 제대로 한 방 먹었다, 그렇게 안 봤는데.

아까 저녁 8시쯤이었다. 머리가 M자로 벗겨진 중년 남자와 작은 실랑이가 벌어졌다. 처음에 남자가 만 원을 내며 로또 5천 원어치를 긁어 달라고 했다. 민구가 로또 한 장과 거스름돈 5천 원을 남자에게 건넬 즈음 한 아가씨가 5천 원짜리 지폐와 토토 투표용지를 내밀었다. 토토 투표권을 뽑아 그녀에게 내주는데 미스터 M이 그 자리에서 있는 게 아닌가. 뭐 또 사실 거 있습니까?/ 아니, 거스름돈을 줘야 가죠./안 드렸어요? 드린 거 같은데./아뇨, 안 받았는데.

카운터 오른쪽 대각선 위쪽에 설치한 CCTV가 생각났다. 손님이 부쩍 늘어난 뒤로 이런 일이 가끔 생기길래 이틀 전 큰맘 먹고 설치한 거였다. 하지만 겨우 5천 원에 목숨 걸까 싶어 네, 네. 제가 깜박했나 보네요, 하며 거스름돈을 내주었다. 이따가 영업 끝나고 확인해 보자며.

강토의 빙땅 베팅은 그렇게 해서 알게 됐다. 재생 버튼의 시간과 분을 잘못 눌렀다가 뜻밖의 장면을 포착한 것이다. 인상도 멀끔하고 인사성도 밝고 마침 돈벌이도 궁한 것 같아 채용했더니 이렇게 뒤통수를 치다니.

아차, 미스터 M은? 확인해 보니 그는 멀쩡한 사람이었다. 애초에 민구가 거스름돈을 내주지 않은 게 맞았다. 그렇다고 세상은 아직 믿을만하다고 결론짓나? 턱도 없는 소리. 상대적으로 강토의 비리만 커 보일 뿐이었다.

민구는 그날 이후 CCTV를 매일 돌려봤다. 손님과 실랑이가 없던 날도 그랬다. 강토가 삥땅 베팅을 하나 안 하나, 오로지 그걸 확인할 목적이었다. 알바의 근무 행태를 감시하는 악덕 사장이 될까 봐 CCTV 설치한 걸 말해주지 않은 게 '묘수'가 된 것이다.

강토의 삥땅 베팅은 연일 계속됐다. 화면에 자세히 보이진 않지만 베팅 금액은 한 장에 만 원씩, 하루에 2만 원인 것 같았다. 한 달이면 최대 60만 원이다. 토토 판매금이 로또나 기타 복권 판매금과 섞이는 탓에 삥땅 금액을 정확히 알 수는 없지만 현금 총액이 표나게 줄지 않는 걸로 보아 대충 그 정도인 듯 싶었다. 강토가 알바로 일한 지 벌써 넉 달. 그동안 200만 원도 넘는 돈이 물 새듯 새나간 것이다. 어쩐지 요즘 들어 청소도 더 열심히 하고 손님들한테 더 친절해진 것 같더니만 그게 다 구멍 난 양심을 메워 보려는 행동이었구나.

민구는 일단 경고펀치를 날리기로 했다. 삥땅 치는 걸 알고 있다는 뉘앙스만 풍겨도 알아서 중단할 놈이었다. 그 정도 지성은 갖고 있다고 믿고 싶었다. 강토를 자르고 새 알바생을 구하는 것도 결코 만만치 않은 일이고 말이다.

다음날 근무 교대 때 민구는 카운터를 나서는 강토에게 대뜸 물었다.

“너 요즘 토토 하지?”

놈이 당황하는 게 보였다. 민구는 바로 말을 이었다.

“알바하기 전에도 뻔질나게 하던 건데 안 할 리가 있나.”

뻔질나게. 뱉고 보니 그럴싸했다. ‘난 네가 하고 있는 뻘짓거리를 다 알고 있다’는 뉘앙스를 풍기기에 더없이 좋은 말이었다.

“네, 네. 하, 긴 하죠.”

놈이 더듬거렸다. 민구의 입가가 살짝 뒤틀렸다. “근데, 돈은 내고 하냐?”

도둑이 제 발 저린 건가. 순식간에 놈의 얼굴이 벌게졌다. 그래 놓고 바로 정신을 차려 목청을 높이는 걸 보면 역시 만만한 놈은 아니었다.

“당연하죠. 그건 베팅러의 기본 아닙니까?”

기본 같은 소리하고 있네. 좋아, 오늘은 여기까지. 민구는 놈을 위아래로 훑으며 씨익 웃었다.

“그래? 그렇다면 다행이고. 수고했다, 잘 들어가라.”

“네, 수고하십쇼.”

강토가 허리를 폴더처럼 굽히더니 허둥지둥 출입문 쪽으로 향했다. 저걸 잘라? 말아? 민구가 뱉은 한숨이 그의 등에 날아가 붙었다.

강토가 서둘러 복권방을 나간 지 10분쯤 지났을까. 근처 헬스장에서 일하는 헬스 트레이너가 들어왔다. 일주일에 두어 번 들러 토토를 베팅하는 단골 손님이다. 나이는 이십 대 후반? 강토와 비슷하다. 그런데 무슨 언짢은 일이 있었는지 입이 댓 발 나와 있다.

“참나, 이것도 1등이라고. 웃음밖에 안 나오네요.”

그가 작은 손가방에서 토토 투표권을 꺼내며 말했을 때 직감으로 알아챘다. 그가 주로 베팅하는 ‘축구토토 승무패’에 관한 얘기라는 걸.

“저런, 1등 맞았는데 당첨금이 얼마 안 되나 보네.”

“얼마 안 되는 정도가 아니라, 명색이 1등인데 2백만 원도 안 된다는 게 말이 됩니까? 장난하는 것도 아니고.”

“2백만 원도 안 된다고요?”

낯이 좀 익다 싶었을 때부터 민구는 그에게 반말과 존댓말을 적당히 섞어왔다.

“네. 정확히 184만 원이에요. 184만 원.”

“너무했다. 다를 때 같으면 이삼억, 아무리 적어도 2천만 원은 되던데.”

축구토토 승무패는 주말에 열리는 국내외 축구 14경

기의 승무패를 맞히는 게임이다. 투표권 한 장 구입 금액은 1천 원으로 토요일 첫 경기 10분 전에 발매를 마감한다. 14경기 모두 맞힐 확률은 478만분의 1이지만 결과를 쉽게 예측할 수 있는 강팀 대 약팀의 경기도 꽤 포함돼 있어 실제 확률이 그 정도로 까마득하진 않다. 하지만 14경기의 승무패를 모두 맞히는 게 고난도 영역인 것만은 분명한 사실. 마침 이전 회차에 1등이 나오지 않아 당첨금이 이월되는 바람에 이번 회차 베팅 금액이 더욱 커졌었다. 헬스트레이너가 심통 난 얼굴로 말을 이었다.

"발매 마감 때 보니까 1등이 24억이었어요. 잔뜩 기대했는데 1등이 자그마치 985명인 거 있죠."

"왓? 985명?"

"네. 완전 엿 먹으라는 거죠. 당첨금이 236만 원인데 세금 빼면 184만원 남아요."

한참 푸념을 늘어놓던 그가 투표권을 민구에게 건넸다. 당첨금을 자기 계좌로 이체해달라는 뜻이리라.

"14경기 승무패는 배당이 100배 넘으면 우리은행에서만 찾을 수 있는데…."

"아참 그렇지. 깜박했네."

뒷목을 긁적이던 그는 "이왕 온 거 로또나 사자"며 손가방에서 오만 원권 두 장을 꺼내 내밀었다.

"십만 원어치 자동으로 긁어주세요. 내가 원래 로또는

잘 안 사는데 억울해서 안 되겠어요. 1등으로 몇십억 먹는 거 나도 한번 경험해 봐야지, 원."

5천 원짜리 로또 스무 장을 손가방에 챙겨 넣은 그가 운동모자 챙을 슬쩍 누르며 인사했다. 순간 민구에게 떠오른 생각 하나. 이 친구를 새 알바로 쓰면 어떨까? 헬스장 근무가 오후 두 시부터라고 했던 것 같은데. 일 없는 오전에 복권방 알바를 해보라고 하면 선뜻 받지 않을까? 바로 도리질을 쳤다. 관두자. 걔는 토토에 워낙 빠삭해 강토 같은 애송이는 상상도 못 할 정도로 삥땅을 쳐댈 것이다.

그때, 카운터 위에 놓아둔 휴대폰이 울렸다. '어머니'였다. 네, 엄마, 라고 말하기도 전에 다급한 목소리가 날아왔다.

"아버지가 쓰러지셨어."

"에에?"

등골이 오싹했다.

"119 불렀어. 을지병원 응급실로 가야 될 것 같아."

"증상이 어땠는데?"

"일 나갔다가 오전에 조퇴해서 왔는데, 계속 어지럽고 두통이 심하다 하셨어. 그래서 내가 약 사러 약국 갔다 왔는데, 집에 들어와 보니 거실에 쓰러져 계신 거야."

"아, 알았어요. 나도 지금 그리로 갈게요."

민구는 곧바로 강토에게 전화해 추가 근무가 가능한

지 물었다. 이놈을 잘라 말아, 하다가 아쉬운 소리를 하는 게 멋쩍기도 했지만 지금 그걸 따질 때가 아니었다. 강토는 십분 안에 복권방에 도착할 수 있다고 답했다.

민구는 부랴부랴 복권방 문을 닫고 택시를 잡아탔다. 침을 삼키려 했지만 입안이 바싹 말라 있었다. 큰 병은 아닐 거야. 아버지는 원래 편두통이 있었잖아. 스스로에 대한 다독임은 아버지를 향한 애원으로 변하기 시작했다. 혹여라도 돌아가시면 안 돼요. 이제 겨우 일흔다섯이잖아요. 적어도 이십 년은 더 사셔야죠. 그건 아버지의 장수를 바라는 마음…이기도 했지만, 실은 자신의 생존을 위한 간절한 비원이었다.

병원 응급실 앞. 택시에서 내리자 바로 뒤이어 아버지를 실은 119가 도착했다. 아버지는 곧바로 중환자실로 옮겨졌다. 병명은 뇌경색이었다.

"저희가 손 쓴다고 썼지만 환자분은 지금 의식불명 상태입니다. 이게 골든타임을 놓친 경우라서요."

약 세 시간 뒤 중환자실에서 나온 남자 의사가 말했다.

"최대한 빨리 응급실에 왔어야 막힌 혈관을 뚫을 수 있었는데."

"그럼 곧 돌아가신다는 말씀입니까?"

"아마 이번 주를 넘기기 힘들 것 같습니다. 오늘 당장 어떻게 되실지도 모릅니다. 마음의 준비를 하시는 게…."

민구의 시선이 아래로 뚝 떨어졌다. 아버지가 먼 길 떠나신다니 생각만으로도 명치께가 답답했다. '천붕'의 아픔도 아픔이지만 아버지가 이 세상에 없으면 아들인 민구도 살길이 막막해진다. 국가유공자인 아버지 명의로 된 로또 판매업 허가증을 반납해야 되기 때문이다. 예전에 직장에서 잘렸을 때처럼 졸지에 일터도 잃고 세상과 소통하는 창도 잃는 최악의 상황에 직면하게 되는 것이다.

어머니를 집에 모셔드리고 복권방으로 돌아가는 길. 아무리 머리를 굴려도 해결책이 떠오르지 않았다. 로또 없이 토토만으로 개겨볼까? 토토는 내 명의로 돼 있어서 아버지 별세와 상관이 없긴 하다. 하지만 로또 없는 토토란 한쪽밖에 없는 축구화와 같아서 경기를 뛰는 데 무진 애를 먹는다. 둘의 시너지 효과가 사라지면서 매출은 절반 아래로 곤두박질칠 것이고 일정 정도의 매출이 일어나지 않으므로 토토마저 반납하게 될 것이다.

민구는 우울한 낯빛을 감추지 못한 채 복권방으로 돌아왔다. 강토에게 추가 근무비를 건네며 수고했다고 등을 두드렸다. 아버님은요? 강토의 물음에는 괜찮아지시겠지, 하며 희미하게 웃어 보였다.

흐리멍덩하던 민구의 눈동자가 전구알처럼 반짝인 건 그날 밤이었다. 10시 갓 넘은 시각, 영업을 마치고 이제 그만 카운터 옆 선반의 TV를 끄려는 데 YTN 뉴스 한 토막이 시선을 붙들었다. 숨진 어머니의 연금을 수령하기 위해 사망신고를 하지 않고 시신과 2년간 지낸 40대 딸이 구속됐다는 뉴스였다.

그래? 민구의 미간이 좁혀졌다. 평소 같았으면 별 황당한 일이 다 있네, 하고 혀를 찼겠지만 상황이 상황인지라 별 황당한 일에서 힌트를 얻었다. 저 여자처럼 시신을 방치하는 불효까지 저지를 필요는 없다. 장례는 치르되 사망신고만 안 하면… 그러면 로또 판매 허가증을 지킬 수 있지 않을까.

인터넷을 뒤져보니 한 블로그에 안내 지침이 버젓이 나와 있다. 병원에서 사망하면 병원 측에서 유족에게 사망진단서를 떼 주지만 정보 공유 시스템이 미비한 탓에 공공기관에는 통보되지 않는다. 그런데 시신을 화장하면 납골당 측에서 공공기관에 알리므로 고인의 사망 사실을 숨길 수 없다. 반면 시신을 매장하는 장례를 치르고 사망신고를 하지 않으면 고인의 사망 사실을 숨길 수 있다는 것이다. 서류상으론 고인이 살아 있다는 얘기였다.

"오케이, 1단계 통과!"

민구는 얕은 탄성을 내뱉었다. 마침 고향인 충북 괴산의 시골 마을엔 아버지를 모실 수 있는 작은 선산이 있다. 나 죽으면 햇볕 잘 드는 고향 선산에 묻히겠지. 아버지도 평소에 그런 말씀을 자주 하셨다.

2단계는 아버지의 대타를 구하는 것이다. 해마다 10월에 동행복권 측과 로또 판매 재계약을 하는데 판매업자 본인 외에는 누구도 서명할 수 없다. 이때 누군가를 아버지인 양 내세워 도장을 찍게 해야 한다.

그 누군가로 누가 좋을까? 퍼뜩 떠오른 인물이 하나 있었다. 아버지와 생김새도 비슷하고 나이도 아버지와 같은 일흔다섯 살이다.

그와의 인연은 로또 초창기인 17년 전으로 거슬러 올라간다.

어느 일요일 아침, 민구는 로또 단말기에서 전날 로또 추첨 결과보고서를 출력했다. 1등부터 6등까지 당첨 번호와 당첨금을 벽에 걸린 화이트보드에 옮겨 적기 위해서였다.

잠시 뒤 옮겨 적기를 마치고 뒤돌아서는데 잠바때기를 걸친 남자가 실내로 들어섰다. 나이는 오십 대 후반으로 보였다. 종종걸음으로 달려왔는지 남자가 잠깐 숨을 몰아쉬었다. 깜짝 놀랄 일은 민구가 눈 한번 깜짝하는 사이 일어났다. 그가 이렇게 말하더니 바닥에 넙죽 엎드리는 게 아닌가.

"사장님, 절 받으십시오."

이게 무슨 소리? 절이라니?

"아이고, 왜 이러십니까."

서둘러 손을 뻗었지만 그의 이마는 이미 바닥에 닿고 있었다. 잠시 무릎을 굽힌 채 엉거주춤 서 있는데 그가 일어서며 말했다.

"저, 1등 맞았습니다."

"네?"

"여기서 산 로또가 1등 맞았다고요. 어제 테레비 추첨에서."

민구는 '그러잖아도 조금 전에 확인했는데 우리 복권방에서 1등 안 나왔는데요'라고 하려 했지만 그의 말에 가로채이고 말았다.

"당첨금이 33억이던데, 저, 한숨도 못 잤습니다."

민구는 혹시 다른 복권방에서 산 거 아니냐고 물으려 했지만 그의 말에 또 채었다.

"사실은 그제 꿈에 박정희 대통령이 나와서 휘호를 써 주셨어요. 부국강병이라고."

이것 참. 대통령꿈이 돼지꿈보다 좋은 거라고 맞장구칠 수도 없고. 아니, 맞장구치지 않아도 됐다. 그가 스스로 해몽을 했다.

"대통령꿈이 길몽중에 길몽이라더니 이런 대박을 다 맞네요. 부국이 부자나라니까 국민인 나도 부자 되라는 거였나 봅니다."

말을 늘어놓던 그가 목이 타는지 뒤돌아 냉온수기로

향했다. 드디어 찬스를 잡은 민구는 남자의 등에 대고 입을 열었다.

"죄송하지만요. 어제 추첨한 로또, 우리 복권방에서 1등 안 나왔는데요."

그가 종이컵을 생수통 위에 내려놓고 황급히 돌아섰다.

"뭐라고요? 난 분명 여기서 샀는데?"

"이번 회차를 포함해서 지금까지 1등 나온 적 한 번도 없습니다. 저희 가게에선."

남자의 눈빛이 일순 흔들렸다. 그는 안주머니에서 문제의 로또를 꺼내 들고 화이트보드 쪽으로 갔다.

"16…21…28…35…39…43, 맞는데? 여기 다 있는데요."

그가 확인해 보라며 민구에게 로또를 건넸다. 다섯 줄이 인쇄된 5천 원짜리였다. 당첨 번호와 로또를 대조하던 민구는 하마터면 자기 이마를 쩍 소리가 나도록 칠 뻔했다. 그가 동그라미를 쳐놓은 번호 여섯 개가 한 줄에 들어있지 않았기 때문이었다. 첫째 줄에 한 개, 둘째 줄에 두 개, 셋째 줄에 한 개, 넷째 줄에 한 개, 다섯째 줄에 한 개가 쳐져 있었다. 민구는 숨을 한번 내쉬고 입을 열었다.

"저기, 선생님. 로또 1등은요. 이 한 장 전체에 여섯 개 번호가 있으면 되는 게 아니라, 어느 한 줄에 다 들어 있어야 합니다."

"네에? 비명 같은 외마디와 함께 그의 얼굴이 하얗게

굳어졌다.

"한 장에 다 있으면, 되는 거, 아니었나? 난 그런 줄 알았는데…."

민구가 외려 사죄의 큰절을 올려야 할 것 같았다. 무너질 듯 서 있던 남자가 의자에 털썩 앉더니 어깨를 들썩였다.

"에구, 그럼 그렇지. 내 복에 무슨…."

우는 건지 웃는 건지 킁킁, 콧바람 소리도 났다. 민구는 카운터로 돌아와 괜스레 이것저것 만지는 척했다. 조금 뒤 남자가 어깨를 축 늘어뜨린 채 문을 나섰다.

"도움 못 드려 죄송합니다."

민구는 그의 굽은 등에 대고 사과 아닌 사과를 했다. 그리곤 그가 모퉁이 길로 사라질 때까지 문 옆에 붙박여 있었다. 일장춘몽. 하룻밤 천하 같은 말들을 떠올리면서.

다짜고짜 큰절한 게 창피하지도 않은지, 남자는 이튿날인 월요일 오후에 또 나타났다. 로또 5천 원어치를 산 뒤 곧장 가지 않고 냉온수기 옆 의자에 앉아 믹스커피를 타 마셨다. 그렇게 대화의 물꼬가 트였고 이제껏 매주 월요일이면 세상사는 얘기를 나누고 있다. 그는 지금까지 4등에 네 번 맞았을 뿐 3등 이상에 당첨된 적은 한 번도 없다. 하지만 가짜 1등에 맺힌 한을 풀어야 인생에 후회가 없지 않겠냐고, 아마도 죽을 때까지 이 복권방에 오게 될 거라고 입버릇처럼 말하고 있다.

그의 이름은 차영수. 초창기 땐 선생님이라고 했지만 사이가 가까워지면서 은근슬쩍 형님으로 바꿔 부르고 있다. '하룻밤 천하' 당시 택배기사였던 그는 은퇴한 뒤로 폐지 수거를 업으로 삼고 있다. 아내와는 몇 해 전 사별했고 지금은 20평 빌라에서 노처녀 외동딸과 지내고 있다. 몸이 약했던 아내가 어렵게 낳은 딸로 낼모레면 마흔 살이란다. 지난 몇 년간 찻집을 운영했는데 장사가 안돼 문을 닫았고 요즘은 백수로 빈둥거리고 있다나.

그가 1등 맞은 줄 알고 기뻐 날뛰었던 날, 모녀는 일본에 있었는데 직장 다니던 딸이 몸이 아픈 엄마를 모시고 여행을 간 거였다. 모녀가 귀국하면 거액이 든 통장을 내밀며 깜짝 놀래키려 했는데 한낱 물거품이 되고 만 것이다. 이렇듯 긴 세월 동안 있는 얘기 없는 얘기 다 털어놓은 사이인데, 설마 민구의 간절한 바람을 외면할까.

"그 형님이 꼭 해줄 거야."

민구는 엄지를 슬쩍 세우며 중얼거렸다. 그래, 3년만 사망신고를 미루자. 한참 물오른 로또 장사를 여기서 그만둘 수는 없다. 3년간 바짝 벌어 그 돈으로 뭐 다른 사업을 벌이면 되지 않을까.

아버지는 병상에서 사흘 만에 눈을 감았다. 임종을 지

키던 민구의 눈에선 뜨거운 눈물이 쏟아졌다. 평생을 뼈 빠지게 일만 하신 아버지. 월남전 참전 유공자로 아들에게 인생 2막을 열어주신 아버지. 민구는 차갑게 식은 아버지의 손을 잡고 꺽꺽, 울음을 토해냈다.

상조회사의 도움을 받아 동네 병원 장례식장에 빈소를 잡았다. 미국에서 급히 귀국한 동생과 함께 조문객을 맞이했다. 복권방엔 임시휴업 안내문을 붙여두었다. 짧은 기간이지만 알바생인 강토에게 통째로 영업을 맡길 수는 없었다.

장례 기간 동안 많은 조문객이 찾아왔다. 일가친척은 물론 아버지의 옛 전우들도 문상을 많이 왔고 민구의 대학 동창 몇 명도 얼굴을 내밀었다. 통화만 나누던 경식의 8대2 가르마도 오랜만에 볼 수 있었다. 공공연한 장소에서 로또 판매허가증 얘기를 꺼낼까 봐 은근 긴장했는데 다행히 그 정도 사리 분별은 할 줄 아는 놈이었다. 조문을 마치고 돌아갈 때쯤에야 "로또 어떻게 할 건데?"라고 속삭이듯 묻길래 "뭐 어떻게든 되겠지"라고 덤덤하게 대꾸해 주었다.

아버지를 고향 선산에 모시고 서울로 돌아오는 길. 민구의 머릿속을 가득 채운 건 '생존 공식'이었다. 사망신고를 하지 않고 그 형님을 아버지로 내세워야 한다. 그래야 내가 산다! 마침 동생도 미국에서 할 일이 산더미라며 서둘러 공항으로 향했다. 사망신고니 고인의 금융재산 조회니 하는 뒤처리는 순전히 민구의 몫이 된 것이다.

복권방 문을 다시 연 날.

오후에 출근한 민구는 서랍부터 열어 보았다. 재계약 날짜가 정확히 언제더라? 한 달도 안 남은 것 같은데. 동행복권 측에서 보내온 안내문을 꺼내는데 바로 그 형님이 나타났다. 매주 월요일이면 얼굴을 내미는 차 노인. 오늘도 폐지가 실린 카트를 통유리창 앞에 세워놓고 들어와서는 5천 원짜리 로또 한 장을 주문한다.

그렇게 보려고 해서 그런지 몰라도 오늘따라 그에게서 아버지 모습이 또렷하게 보였다. 이마에 패인 굵은 주름살도 그렇고 새우처럼 작은 눈도 노씨 집안 전매특허인 게슴츠레한 눈매와 똑 닮았다.

됐다, 밀어붙여! 수고비로 30만 원 준다고 하면 이게 웬 떡이냐 하겠지. 그동안 쌓인 정을 생각해서라도 기꺼이 들어줄 거다. 재계약 당일 '연극'하는 시간이 길지도 않다. 출장 나온 시행사 측 직원이 계약서 챙겨가는 데 10분도 안 걸린다. 설마 이걸 마다하려고.

마음이 바빠지니 장사고 뭐고 눈에 들어오지 않았다. 그새 냉온수기 물로 커피를 타고 있는 차 노인을 지나 문밖으로 나갔다. '잠시 외출' 팻말을 걸고 다시 들어와 블라인드를 친 다음 그를 카운터 뒤 원탁으로 데려갔다. 아니, 정중히 모셔갔다.

"그러니까, 꼭 부탁드려요, 형님."

사실은요, 저희 아버지가 며칠 전에 돌아가셨는데요, 로 시작된 민구의 장광설은 그렇게 끝을 맺었다. 차 노인이 남은 커피를 마저 마시더니 "근데 말야" 하며 목청을 가다듬었다.

"삼십이 너무 약해. 오십은 돼야지."

"에? 오십요?"

얘기가 잘 풀린다 싶어 내심 안심하고 있던 민구는 뒤통수를 한 대 맞은 기분이었다. 속으로 웅얼댔다. 요즘 왜 이리 뒤통수 치는 사람이 많은 거야?

"들어보니 거 간땡이 작은 사람은 하지도 못할 일 같은데."

"그래도요, 형님. 끽해야 10분도 안 걸리는 일이에요."

"같은 10분이라도 10년 같은 10분이 있는 법 아닌가. 싫으면 관두세."

"알았어요, 오십. 오십으로 해요."

민구는 부랴부랴 그의 손을 잡았다. 을의 입장이니 어쩔 수 없었다. 갑의 어깨가 뽕이라도 넣은 듯 한껏 올라갔다.

"노 사장, 나만 믿어. 내가 또 안면에 철판 깐 사람이잖아? 떨지 않고 잘 해낼 테니 아무 걱정하지 말라고."

그날 이후 민구는 월요일만 되면 차 노인에게 아버

지 신상을 주입시키느라 바빴다. 이름은 노정환, 1948년 7월 25일생, 동네 중학교 앞 빌라에 살고 있다, 직계가족으론 부인과 아들 둘이 있는데 큰아들이 내 명의로 된 복권방을 운영하고 있고 작은아들은 미국에서 사업을 하고 있다, 큰아들이 수입이 좋아 용돈도 많이 준다, 그 돈으로 월남전 참전 전우들과 여행도 다니면서 잘 지내고 있다, 등등.

차 노인은 매번 그런 내용이 적힌 메모지를 손가락으로 훑으며 잘 알겠다고 했다. 떨지 않을 테니 걱정 말라고, 얼굴에 철판 깔았으니 염려 말라는 건 빼놓지 않는 레퍼토리였다.

민구는 그의 그런 모습에 안도하면서도 행여라도 잘못될까 봐, 이를테면 계약서에 자기 이름인 차영수를 쓸까 봐, 그럼 가짜 아버지를 내세운 게 들통나서 개망신만 당하고 끝날까 봐, 불안한 마음을 지울 수 없었다.

다 기우였다. 재계약 날은 파란 하늘만큼이나 청신호가 연달아 켜진 하루였다. 우선 복권방을 방문한 직원이 바뀐 것부터가 행운의 징조였다. 요 몇 년간 찾아온 직원은 얼굴이 동그랗고 몸집도 넉넉했는데 이번 직원은 갸름한 얼굴에 빼빼 마른 체형이었다. 담당 구역이 바뀌었나? 알 게 뭐야. 직원이 아버지 얼굴을 기억하면 어쩌나 했는데 걱정거리 하나 덜었다.

자신을 김명수 대리라고 소개한 직원은 원탁에 앉자마자 민구가 준비해 놓은 에너지음료를 원샷했다. 그것도 어쩐지 쾌속항진의 시그널로 느껴졌다. 김 대리가 빈 병을 내려놓으며 인사치레인 듯 간단히 물었다.

"건강하시죠? 아버님."

암요, 잘 지내죠. 하는 차 노인의 또렷한 목소리가 멈추기도 전에 직원이 계약서를 펼쳤다.

"여기 이름 쓰시고요, 도장 찍으시면 됩니다."

차 노인이 지체없이 움직였다. 이름 칸에 차영수라 쓰지 않고 노정환이라고 또박또박 쓰더니 서명란에 도장을 꾸욱 눌렀다. 얼굴색 하나 안 변하고 능청스럽게 해냈다. 이쯤이면 철판 신공 인정! 조마조마했던 민구도 속으로 웃음을 터뜨렸다. 그 와중에 귓전을 파고든 김 대리의 한마디.

"오늘 가볼 데가 많아서 전 이만."

세상에나, 이보다 더 반가운 말이 또 있을까. 민구는 판매 계약서와 사업자등록증 사본, 가족관계 증명서 등을 챙겨 일어서는 그에게 기습뽀뽀라도 하고 싶었다.

"덕분에 요즘 장사가 너무 잘 되고요. 늘 고맙고 감사하고, 또, 사랑하고 있습니다, 네네."

민구는 갖은 유난을 떨며 김 대리를 문밖까지 배웅했다.

그렇게 일단락된 줄 알았다. 차 노인에게 빳빳한 오만원권 열 장이 담긴 봉투를 건넨 걸로 큰 산을 넘은 줄 알았다. 아니었다. 그 모든 건 선연인지 악연인지 그녀와의 인연을 잉태한 서막이었다.

차도혜.

아버지를 닮아 눈매가 원래 작았을 그녀. 쌍수가 아닌 자연산 쌍꺼풀이라고 우길 게 뻔한 그녀가 복권방에 나타났다. 용건은 간명했다. 누가 철판 신공의 딸 아니랄까 봐 초면에 도발적 언사를 훅 내뱉었다.

"오백은 주셔야죠."

인연의+조화

도혜가 복권방이란 데를 찾은 건 난생처음이었다. 올해 서른아홉 살인 도혜는 이날 이때껏 로또 한 장 산 적 없었다. 아, 한 번 있었나. 20여년 전 로또가 처음 등장했을 때였다. 대학 초년생이던 도혜는 학교 앞 거리의 복권 판매대에서 로또를 구매했다. 숫자 1부터 45중에서 직접 여섯 개를 고르는 거라기에 심심풀이 땅콩 삼아 지갑을 열었지만 결과는 꽝이었다.

흔히 로또를 가리켜 인생역전 티켓이라 하지만 도혜가 보기엔 헛소리일 뿐이다. 인생역전은커녕 헛된 희망을 부추겨 서민들의 주머닛돈 터는 날강도나 다름없다. 오죽하면 이런 우스갯소리가 떠돌까. 로또 1등 맞을 확률이

번개 맞아 죽을 확률보다 희박하다는.

토토는 또 뭔가. 처음 들었을 땐 저 멀리 아프리카에서 건너온 강아지 이름인가 했다. 알고 보니 축구나 야구 등에 돈을 걸어 맞히면 배당금을 받는 게임이었다. 하지만 토토 사업이 망하지 않고 잘 굴러가는 걸 보면 사람들이 돈을 잃는 경우가 훨씬 많을 터였다. 그러니 토토를 향한 시선이 고울 리가. 서민들을 꼬드겨 주머닛돈 빼먹는 날강도이긴 로또와 별 차이 없다는 게 도혜 생각이었다.

그런데 복권방엔 왜? 발단은 엊저녁 아버지와 식탁에서 나눈 대화였다. 아버지가 수저를 집다 말고 주머니에서 흰 봉투를 꺼냈다. 뭐지? 꽤 두툼한 게 처음엔 관공서 같은 데서 보내온 공문인가 했다. 뜻밖에도 돈이었다. 아버지가 봉투를 살짝 열자 신사임당 얼굴이 보였다. 한 장도 아니고 여러 장이.

"너 요즘 궁하지? 오십만 원인데 너 써라."

"에? 오십? 어디서 난 건데?"

아버지 말인즉 동네 노다지 복권방 사장과 일종의 거래를 했다는 것이었다. 최근에 1등도 나오고 1등보다 큰 2등도 나오고 하더니 장사가 꽤 잘되는 집이라고 했다. 십수 년 전 그 복권방에서 산 로또가 1등 맞은 줄 알고 다음 날 찾아가 다짜고짜 큰절하기도 했다는 얘기도 이어졌다. 그런 일이 있었어? 꽤 사연 깊은 복권방이네.

"그러니까, 아빠가 그 노민구 사장의 부친 역할을 대신했다 이거죠?"

"그래. 좀 긴장되기도 했지만 이 아빠가 또 강심장 아니냐. 하나도 안 떨고 잘 해냈지. 성공했다고."

도혜는 잠시 생각을 굴리다 대꾸했다.

"그랬는데, 겨우,"

오십밖에 안 줬어? 하는 뒷말은 가까스로 입안에 집어넣었다. 그 인간이 아주 노인네를 갖고 놀았네. 내일 당장 찾아가 제대로 한판 따져야겠다.

단골 미용실에서 웨이브펌으로 멋을 낸 뒤 오후 나절에 도착한 노다지 복권방. 도혜의 옷차림은 몸의 굴곡이 잘 드러나는 핑크톤 블라우스와 민트색 스커트였다. 마흔여섯 살 노총각의 혼부터 빼놓자는 전략이었다. 아마 내 매력에 폭 빠져 말 한마디 제대로 못 할걸.

안으로 들어서자 카운터에 앉아 있던 남자가 일어섰다. 저 이가 노민구? 그가 눈을 흠칫 뜨더니 황급히 인사말을 했는데 "어서"까지는 또렷했던 음성이 "오세요"에선 흐려졌다. 후후, 저게 바로 한눈에 뿅 갔다는 증거야. 이런 미모에 지가 오금이 안 저리고 배겨?

손님은 대여섯 명 돼 보였다. 양쪽 기다란 테이블에 드문드문 앉아 컴퓨터 화면을 바라보거나 투표용지를 사인펜으로 체크하는 사람들이었다. 그중 청년 한 명이 도혜를 흘깃 쳐다보자 약속이나 한 듯 다른 꼰대들도 일제히 고개를 돌려 미녀의 각선미를 위아래로 훑었다. 하여튼 남자들이란 늙으나 젊으나.

"저기, 노민구 사장님 되시나요?"

카운터로 다가가며 말을 걸자 그가 네네, 하며 굽실댔다. 어찌나 비굴해 보이던지 불태웠던 전의는 가라앉고 난데없는 측은지심이 솟으려 했다.

"저는 차영수 씨 딸, 차도혜라고 하는데요."

한 자 한 자 또박또박 내뱉었다. 우물쭈물댔다간 비범한 외모와는 달리 다루기 쉬운 상대로 비칠지 모르니까.

"예?"

노민구가 다소 놀란 눈으로 도혜를 쳐다봤다. 그 시선의 표적은 쌍꺼풀 눈매인 듯 했다. 뭐야, 기분 나쁘게. 도혜가 눈살을 찌푸리자 노민구가 그제야 "아아, 그 형님 따님이시구나"라며 물러섰다. 서로 호형호제하는 사이였어? 그런데 그리 싼 값에 부려 먹었냐?

"사장님께 드릴 말씀이 있어 왔어요."

노민구가 손바닥을 펴 실내를 쫘악 훑으며 답했다.

"이 손님들 다 가시고 나면 잠시 문을 닫겠습니다. 그때 얘기하시죠."

집 나간 정신줄을 그새 붙잡아 온 모양이었다. 목소리가 몰라보게 차분해졌다.

한 5분 지났을까. 손님들이 나가자 그가 출입문에 '외출중' 팻말을 걸고 들어오더니 블라인드를 쳤다. 그리곤 도혜를 카운터 뒤 원탁으로 안내했다. 모르긴 해도 아빠도 여기서 협상했을 것이다. 믹스커피 쪽쪽 마셔가며.

서론을 길게 끌긴 싫었다. 장황한 건 질색이었고 자칫하면 일말의 측은지심이 발동해 관용을 베풀 수도 있었다.

"사장님. 오십만 원이 말이 된다고 생각해요?"

앞뒤 맥락 자르고 던진 말에 노민구가 이번엔 "네?" 하며 눈썹을 치켜떴다. 이 남자 오늘 벌써 몇 번째 놀라는 거야? 부연 설명을 해줘야 하나, 하는데 그가 "아아" 하고 손뼉을 쳤다.

"난 또 뭐라고. 에이, 오십이면 충분하죠. 그 일 끝내는 데 5분도 안 걸렸는걸요."

그는 힘주어 말하면서도 미소만큼은 잃지 않았다. 그래봤자 노총각 본연의 흑심 가득한 표정일 뿐이지만.

"5분이 안 걸렸어도 그 시간의 무게랄까, 밀도라는 게 있잖아요. 아빠도 속으론 많이 떨렸다던데."

"그걸 감안해서 삼십에서 오십으로 올려드린 겁니다."

선심 썼다는 듯 그가 어깨를 슬쩍 올렸다. 도혜도 덩달아 한쪽 입꼬리를 쓱 올렸다.

"그런데요, 만일 실패했으면 어쩌려고 했어요? 다른 사람이란 게 들통났으면요? 오십만 원 안 주셨나요?"

그가 화들짝 놀라 손을 내저었다.

"안 주다뇨. 그래도 드렸죠. 저 그렇게 치사한 놈 아닙니다. 신뢰와 의리와, 또 뭐냐… 정의 같은 걸로 똘똘 뭉쳐 있다고요."

옳거니. 딱 걸려들었네.

"그럼 성공했으니 더 주셔야죠. 성공보수란 말, 몰라요?"

노민구의 입이 떠억 벌어졌다. 자신은 미처 생각 못 한 얘기라는 건지, 이 여자 보통내기가 아니라는 건지, 벌어진 입을 한동안 다물지 못했다.

"성공보수… 그런 게 다 있나요? 제가 잘 몰라서…."

"당연하죠. 결과가 나온 뒤 추가로 지급하는 돈, 그게 있어야 더 열심히 뛰거든요."

"그런가요… 그, 그럼 얼마를 원하시는지…."

도혜는 지체없이 다섯 손가락을 펼쳤다.

"오백은 주셔야죠."

"에에? 오백?"

노민구가 갑자기 오른 팔꿈치로 원탁을 누르며 손으로는 이마를 짚었다. 그러면서 열 배네요, 열 배, 라고 중얼댔다. 뒤이어 뒷골이 다 땅기네, 라고 작게 한탄했다.

이마를 짚고 뒷골이 땅긴다 하면 앞뒤가 맞는 거야? 도혜가 속으로 비웃는데 그가 또 푸념을 흘렸다.

"좀 많지 않나?"

그러곤 도혜를 슬쩍 쳐다봤다. 동조를 구하는 시선이었다. 측은지심이 다시 솟을까 봐 도혜는 고개를 옆으로 돌렸다. 조금 뒤 노민구가 풀죽은 목소리로 말했다.

"저기요. 이틀만 생각할 시간을 주실래요?"

"좋아요. 지금부터 딱 48시간 드릴게요. 현명한 처신 기다리겠습니다."

도혜는 전화번호를 남기고 자리에서 일어섰다. 치맛바람을 일으키며 출입문으로 가는 동안 흑심 가득한 노총각의 눈빛은 여지없이 따라왔다. 안 봐도 유튜브였다.

48시간이 지나고 두 시간이 더 지났다. 그날 노다지 복권방을 찾은 게 오후 다섯 시쯤이고 담판을 마치는 데 10분도 안 걸렸으니 연락이 와도 진작에 왔어야 한다. 그런데 도통 휴대폰이 안 울린다. 오백이 너무 셌나, 삼백만 부를 걸 그랬나? 아니다, 잘했다. 장사도 잘되는 거 같던데 어쩌면 오백도 약과일지 모른다. 도혜가 성공보수로 아버지가 받은 돈의 열 배를 책정한 건 한몫 단단히 챙길 수 있는 빅찬스라는 생각에서였다.

수도권 전문대 행정학과 출신인 도혜는 졸업 후 몇 년간 여러 직장을 전전하다가 서초동 법조 단지 내 한 변호사 사무실에 자리를 얻어 정착했다. 주요 업무는 형사사건의 변호인 의견서를 법원에 내거나 전자소송 사이트를 통해 민사, 행정 서류를 제출하는 것이었다. 그밖에 송달문서 출력이나 사건기록 복사, 각종 우편물을 보내는 잡무도 담당했다. 딱히 적성에 맞진 않지만 월급도 제때 나오고 노동 강도도 세지 않아 큰 불만 없이 다닌 직장이었다. 성공보수라는 말도 당시 어깨너머로 익힌 풍월이었다.

하지만 10년쯤 지나자 이렇게 살아도 되나, 하는 회의가 들기 시작했다. 무엇보다 쳇바퀴처럼 뱅뱅 돌기만 하는 일상이 무료하기 짝이 없었다. 기껏해야 변호사 따까리 노릇이나 하는 처지는 왜 그리 딱하던지. 발전성이라곤 쥐뿔도 없는 직장에 마음이 점점 떠나갔다.

그러던 어느 날, 행정소송 비용의 억 단위 숫자를 누락하는 실수를 저질렀다. 고참이 돼 갖고 그런 사고를 쳐? 얼굴만 반반하면 다야? 후배들 보는 앞에서 변호사한테 눈물이 쏙 빠지도록 꾸지람을 들은 그날, 도혜는 미련 없이 사표를 던졌다.

이왕 이리된 거, 이제부턴 내 삶의 주인공이 되자. 하고픈 일을 하면서 여유롭게 돈을 벌어보자고. 그런 마음으로 찾은 길이 커피숍 창업이었다. 따뜻한 아메리카노를 마시는 게 일상의 큰 즐거움이던 그녀에게 운명적으로 다가온 길인지도 몰랐다. 그즈음 병약했던 어머니를 잃는 슬픔을 겪기도 했지만, 인생 2막을 준비하며 활력을 되찾을 수 있었다.

도혜는 당장 시내 유명 커피 학원에 등록해 8주 동안 실무교육을 받았다. 커피를 내리고 만드는 법, 생두를 가공하는 법, 커피 머신기나 그라인더 등 장비를 조절하는 법 등을 익혀나갔다. 하루에 네 시간씩, 일주일에 다섯 번 수업을 듣는 게 결코 만만치 않았지만 다른 어떤 일을 할 때보다 큰 보람과 흥미를 느꼈다. 적성에 맞는 데다 노력한 만큼 바로 성과가 나타났으니까.

결국 바리스타 1급 자격증을 손에 쥔 도혜는 이웃 동네 한적한 골목에 '도혜다움'이란 커피숍을 오픈했다. 카운터 보는 알바생 한 명을 두고 자신이 직접 아메리카노를 비롯해 에스프레소, 로열 밀크티, 요거트 스무디 등을 만들었다.

한 몇 년 그런대로 되나 싶더니 큰 고비가 찾아왔다. 지역 재개발이 빨라지고 동네 일대가 뺀드르하게 변해 가면서 대형 프랜차이즈 커피숍들이 여기저기 생겨났다. '도혜다움'을 찾는 손님들의 발길은 갈수록 뜸해졌다. 도혜는 알바생을 내보내고 혼자 일하며 버텼지만 끝내 간판을 내리고 말았다. 그게 딱 한 달 전 일이었다.

후회나 아쉬움 따위는 감정의 사치일 뿐이었다. 당장 뭐라도 해야 했다. 낼모레 마흔인데 폐지 줍는 아버지한테 빌붙어 살 수는 없었다. 급한 대로 동네 식당의 서빙 알바 자리를 알아봤다. 오후 5시부터 밤 9시까지 하루 네 시간에 4만 원을 받는 일이었다. 한때는 알바를 고용한 사장님이었는데 이 무슨 처량한 인생 대역전이람. 썰렁한 자폭 개그나 읊어대던 그때, 한몫 단단히 챙길 수 있는 빅 찬스가 코앞에 다가왔다.

한껏 치장하고 복권방을 찾았다. 자체발광 미모에 넋이 나간 노총각 사장에게 성공보수란 키워드와 청구금 오백만 원을 연방 들이댔다. 이틀만 시간을 달라기에 선심 쓰듯 그러마 했다. 아직 전화는 오지 않았지만 이제 곧 휴대폰이 울리리라는 건 의심의 여지가 없다.

"꼴에 시간 끌기는. 그래도 자존심은 있다 이거지?"

노민구의 꺼벙한 듯 음흉한 눈빛을 떠올리며 새삼 전의를 다지고 있는데 드디어 휴대폰이 울렸다. 발신자는 역시 '노민구 사장'이었다.

"네, 사장님."

많이 늦으셨네요, 라는 말은 생략했다. 알량한 자존심 긁어봐야 득 될 게 없으니까.

"저기, 많이 생각해 봤는데요."

무슨 생각? 도혜는 숨을 삼켰다.

"드리겠습니다, 오백."

환호성이 튀어나오려는 걸 간신히 막았다. 이럴 때일수록 미녀 체통을 지켜야 하니까.

"… 아, 네, 감사합니다."

최대한 부드럽게 응답했건만, 그러나 신경을 긁는 뒷말이 날아올 줄이야.

"단, 조건이 있습니다."

"에에? 조건이요? 무슨 조건?"

"그건 만나보면 압니다."

도혜의 입술에 미세한 경련이 일었다. 그래, 좋다. 어디 한번 해보자 이거지?

말 그대로 깜놀이었다.

너절한 잠바때기나 후즐근한 티셔츠, 심지어 낡은 추리닝에 슬리퍼나 찍찍 끌고 오는 남자가 태반인 이 칙칙한 복권방에 아리따운 미녀가 강림하다니. 뭐, 여배우 뺨칠 정도는 아니지만 늚다리 노총각이나 눈 낮은 촌놈들이 보면 홀딱 반할만한 비주얼이었다. "어서 오세요"라는 인사말조차 제대로 건네지 못할 정도였으니까. 더 놀라운 건 그녀가 차 노인의 딸이라는 거였다. 차도혜라고 했지? 이름 석 자도 차갑고 도도한 이미지와 잘 어울리는 여자였다. 나이는 차 노인이 일러준 대로 낼모레 마흔일 거고. 아버지 닮아 작고 가느다랬을 눈은 쌍꺼풀 수술로 키운 듯싶었다. 본인은 자연산이라고 우기겠지만 어쨌거나 사람 마음을 잡아끄는 아치형의 또렷한 눈매인 건 틀림없었다. 게다가 적당히 솟은 콧날과 우아한 어깨선, 민트색 치마 아래 드러난 매끈한 종아리는 잠들어 있던 민구의 감각신경을 불뚝불뚝 세우기에 조금도 부족함이 없었다.

하지만 미녀 앞이라고 마냥 넋 놓고 있을 수는 없는 일. 민구는 잠시 집 나갔던 정신줄을 불러들였다. 그녀가 따로 할 말이 있다길래 손님이 나가고 난 뒤 카운터 뒤 원탁으로 안내했다. 그런데 이게 뭔 소리? 다짜고짜 오십만 원이 말이 되느냐고 묻는 게 아닌가. 아아, 일전에 제 아버지한테 준 일당 말하는구나. 5분도 안 걸린 일에 오십이면 충분하지 않냐고 했더니 이번엔 느닷없이 성공보수라는 말을 꺼내 들었다. 순간 민구는 갑자기 전구가 나간 것처럼 머릿속이 까매졌다. 뭐야, 변호사야? 차 노인 말로는 백수라던데, 이 여자 보통내기가 아니구먼.

그녀가 청구한 금액은 오백만 원. 그날 일당의 열 배였다. 민구는 손으로 이마를 짚으며 뒷골이 땅긴다고, 이율배반인지 자기모순인지 모를 헛소리를 했다. 이틀만 생각할 시간을 달라며 코너에서 가까스로 빠져나왔다. 그 와중에도 그녀의 볼륨 몸매에서 시선을 거둘 수 없었으니 대체 이게 무슨 인연의 조화인지.

민구는 결국 오백만 원을 주기로 했다. 이유는 간단했다. 그녀를 꽉 붙잡고 싶었으니까. 미모도 미모지만 가만 생각하니 그녀는 지혜까지 번뜩이는 여자였다. 성공보수라는 개념을 아무나 떠올리는 건 아니니까. 그렇게 셈법에 밝은 여자를 내 편으로 만들면 득이 되면 됐지 해가 되진 않을 거다. 서른아홉이란 나이도 한 배 타기에 괜찮아 보였다. 소통과 공감을 통한 긍정적 관계를 형성하는 데 일곱 살 차이는 별문제가 안 될 듯싶었다.

더구나 오백만 원 못 주겠다고 하면 남의 아버지를 이용해 먹었네, 어쨌네 하며 소송을 걸지 모른다. 제 아버지를 또 써먹을 생각일랑 1도 하지 말라고 엄포도 놓을 거다. 사실 차 노인 덕에 로또를 몇 년 더 팔 걸 생각하면 오백만 원을 내줘도 밑지는 건 아니다. 엄밀히 말하면 남는 게 훨씬 많은 장사다.

문제는 주고 난 다음이다. 한몫 챙기고 유유히 떠나는 그녀를 붙잡을 수 있는가. 무슨 자격으로? 막무가내로 잡아본들 그녀가 돌아설 리도 없다. 1년 뒤 제 아버지를 또 이용할 때쯤에나 입맛 다시며 나타나겠지.

그래서 내린 결론이 분할 지급이었다. 한 번에 주지 않고 여러 번에 걸쳐 주는 것. 열 번이든 스무 번이든 나눠 주면 그 기간만큼은 그녀의 얼굴을 볼 수 있을 테니까. 대신 그녀가 혹할만한 미끼를 제시해야 한다. 여우 같은 그녀가 코를 킁킁거리며 "좋아요" 하고 받을 수 있는 미끼를.

그녀가 제시한 48시간하고도 두 시간 남짓 지났다. 민구는 심호흡을 한 뒤 휴대폰을 눌렀다. 48시간 되기 전에 연락하고픈 맘 굴뚝 같았지만 억지로 참았다. 그새 여우한테 길들여진 촌놈이란 이미지를 풍기긴 싫었다.

"네, 사장님."

끈적끈적하게 달라붙는 여우의 목소리.

"저기, 많이 생각해 봤는데요."

민구는 고뇌 끝에 내린 결론이란 걸 티 내려고 잠시 뜸을 들인 뒤 덧붙였다.

"드리겠습니다, 오백."

환호성 같은 건 절대 지를 리 없는 여우가 부드러운 톤으로 응답했다.

"… 아, 네, 감사합니다."

때는 이때다. 그녀가 공돈의 마력에 취해 있을 때, 이게 웬 떡이냐며 시시덕대고 있을 때 숨겨둔 카드를 꺼내는 거다.

"단, 조건이 있습니다."

"에에? 조건이요? 무슨 조건?"

"그건 만나보면 압니다."

딱 잘라 말한 순간에도 그녀의 눈매가 아른거리는 건 왜일까? 귀여운 여우를 향한 숨길 수 없는 흑심? 본능? 마음만은 벌써 그녀 곁으로 날아간 민구였다.

✤

"잠깐만요. 그러니까 그 조건이란 게 나보고 복권방 알바를 하라는 거였어요?"

다음 날 오후에 벌인 2차 담판. 도혜가 민구의 말을 끊고 되물었다. 복권방 출입문에 '외출중' 팻말을 내걸고 실내에 블라인드를 친 지 5분쯤 지났을 때였다.

"그냥 알바가 아니라 특급 알바라니까요."

민구는 차근차근 다시 설명했다. 근무 시간은 오전 9시부터 오후 1시까지 하루 네 시간이다, 지금 알바생 시급이 1만 원인데 도혜 씨에겐 2만 원을 드리겠다, 월급 외에 120만 원을 보너스로 드리는 건데 그게 다섯 달이면 6백만 원이다, 성공보수 5백만 원을 챙기고도 남는다, 여섯 달째부턴 시급 1만 5천 원을 드리겠다, 예전에 찻집도 운영하셨고 사회경험도 풍부하시니까 특별 대우해드리는 거다….

도혜의 마음 한 귀퉁이로 은밀한 미소가 번졌다. 조금 전 그의 말을 끊고 겨우 알바나 하라는 거였냐고 짜증낸 게 후회될 정도였다. 찻집 그만둔 뒤 식당 서빙 알바라도 할까 하던 참에 일자리도 얻고 성공보수도 챙기고 높은 시급도 받게 됐으니 그야말로 쓰리고를 외치는 기분이었다. 하지만 한 가지 켕기는 게 있어서 슬쩍 흘려보았다.

"음, 듣고 보니 좋은 조건이긴 한데… 제가 잘할 수 있을지 걱정되네요."

"걱정요?"

"로또나 토토에 대해 워낙 아는 게 없거든요."

잠시 오그라들었던 민구의 가슴이 대번에 쫘악 펴졌다.

"아휴, 난 또 뭐라고. 그런 거라면 걱정 붙들어 매십시오."

민구는 온갖 손짓과 몸짓을 써가며 말을 이어 나갔다.

"로또 토토에 대해 전혀 몰라도 금방 할 수 있는 일이에요. 로또를 예로 들면 손님이 내민 로또 용지를 단말기 투입구에 넣고 출력 버튼을 누르면 끝이에요. 쪼르르 나온 로또복권을 내주면 되는 거죠. 토토도 마찬가지. 손님이 내민 토토 용지를 단말기에 넣고 버튼 누르면 만사 오케이. 직원이 뭘 체크하고 자시고 그런 게 아니라는 얘기에요."

도혜가 "그래요? 진짜 간단하네요" 하고 추임새를 넣자 민구는 "더 좋은 건 뭔지 아세요?" 하며 분위기를 끌어올렸다. 그러곤 도혜가 되묻기 전에 스스로 답했다.

"로또, 토토, 연금복권, 즉석복권 모두 현찰만 받는다는 거예요. 신용카드 영수증 끊어주고 자시고 할 일이 없다는 거죠. 게다가 편의점처럼 무슨 제품 진열하고 유통기한 점검할 일도 없습니다. 이거 얼마나 편한 일입니까."

편한 정도가 아니라 완전 거저먹기네. 도혜는 웃음이 튀어나올까 봐 손으로 입을 꾹 막았다. 로또와 토토에 대한 생각도 은근슬쩍 달라졌다. 서민 돈을 갈취하는 날강도가 아니라, 팍팍한 세상에서 서민들이 그나마 잡을 수 있는 희망의 끈이었다.

"괜찮은 거 같네요."

도혜는 그렇게 포석을 깔고 민구가 기다리던 말을 야무지게 던졌다.

"그럼 어디 한번 해볼까요."

"자알 생각하셨습니다!"

민구는 엄지척에 이어 오른 손바닥을 펼쳐 올렸다. 이제 한 배를 탔으니 하이파이브를 하자는 뜻이었다. 도혜는 하이파이브에 응하긴 했지만 손가락 윗부분을 민구 손바닥에 살짝 댄 정도였다. 아직은 조신할 필요가 있었다.

"그럼 이제 근로계약서를 써야겠죠?"

도혜의 입에서 불쑥 나온 말에 민구는 속으로 뜨악했다. 이건 또 뭐야? 여우 덕에 활기 넘칠 복권방을 상상하던 민구에게 근로계약서란 성공보수만큼이나 낯선 개념이었다. 강토와는 그런 거 안 쓰고도 월급 잘 챙겨줬는데. 하지만 이번 상대는 세상 물정 모르는 취준생이 아니라 산전수전 다 겪은 노련한 여우다. 얼른 동의하는 게 속 편하다.

"당연히 써야죠. 근로계약서에 뭘 넣을까요? 시급이 5개월간 2만 원이고 그 뒤론 1만 5천 원이라는거, 또 뭘 넣죠?"

도혜는 학생의 무지를 깨우치는 선생님의 톤으로 답했다.

"주휴수당도 넣어야죠. 1년 이상 일하면 퇴직금을 준다는 조항도 명시하고요."

휴일수당… 퇴직금… 잇단 폭격에 민구는 정신이 어질어질했다. 그렇지만 그녀가 갑자기 밉거나 싫어진 건 아니었다. 약삭빠르게 잇속 챙기는 모습을 덮고도 남는 저 우아한 자태를 도저히 외면할 수 없었다.

한편으론 안심되는 점도 있었다. 설마 이 토토 생초보가 강토처럼 삥땅을 치진 못하겠지. 그런 짓에 눈 뜨려면 적어도 1년은 걸릴 거다. 그 기간만큼 삥땅 베팅으로 새는 돈도 당연히 없을 거고.

"좋아요. 도혜 씨 말대로 하죠. 휴일수당도 넣고 1년 일하면 퇴직금 준다는 조항도 넣자고요. 그럼 됐죠?"

민구가 이번엔 손을 내밀었다. 하이파이브가 부담스럽다면 악수 정도는 괜찮지 않냐는 의미였다. 이젠 정말 한 배를 탔으니까. 도혜는 왼손으로 오른팔을 받치곤 오른손을 내밀었다. 악수하면서 두 손을 다 동원한 건 고용주에 대한 나름의 예의였다.

두 손이 뜨겁게 만나 네댓 번 출렁거렸다. 이 따뜻한 감촉이 천년만년 갔으면 좋겠다. 악수하는 동안 민구는 그런 생각을 했고 도혜는 이런 생각을 했다. 이 남자를 잘 꼬드기면 1년 아니라 2년, 3년도 일할 수 있겠구나.

둘의 유니버스가 본격적으로 펼쳐진 건 그로부터 사흘 뒤였다. 알바생 도혜가 먼저 출근하기 전 이것저것 주변 정리할 시간을 달라고 했다. 사장님 민구에게도 그 시간에 해치워야 할 숙제가 하나 있었다. 다름 아닌 지금의 알바생 강토를 내보내는 것. 싹싹하고 성실하고 추가 근무도 마다 않는 강토를 자를 명분은 딱 하나 있었다. 그놈의 삥땅 베팅. 일전에 경고펀치를 날린 뒤로 더는 안 하는 것 같지만 어쨌든 한 건 한 거였다. 그것만 아니면 정리하기 쉽지 않았을 텐데 결국 제 스스로 무덤을 판 셈이었다.

"강토야, 그동안 애 많이 썼다. 내일부턴 안 나와도 되겠다."

근무 교대 때 민구는 시선을 단말기 화면에 둔 채 말했다. 그런데 어라? 놀랄 줄 알았던 강토가 별다른 토를 달지 않고 수긍했다.

"네? 아, 네."

자기 죄를 아는 모양이었다. 우려했던 주휴수당 얘기도 꺼내지 않았다. 여차하면 그동안 니가 삥땅 친 거랑 퉁치자, 라고 하려 했는데 굳이 할 필요가 없게 됐다. 삥땅이라뇨, 하고 시치미 떼면 CCTV 속 그 장면을 캡처해서 내 휴대폰에 저장해 놓았다고 하려 했는데 그것도 필요 없게 됐다. 한숨 돌린 민구는 자상한 톤으로 이어 말했다.

"오늘까지 쳐서 이번 달 임금은 계좌로 보내줄게."

그리곤 바지 뒷주머니에서 봉투 한 개를 꺼냈다.

"이건 퇴직금 조로 주는 한 달 치 월급이야."

전날 도혜가 말한 퇴직금 조항이 생각나 준비한 돈이었다. 강토가 수틀리게 나오면 안 주려 했는데 도혜를 위해 물러나는 모양새를 취해주니 뒷주머니에 손이 가지 않을 수 없었다. 강토가 "와, 고맙습니다" 하며 허리 굽혀 인사하고는 귀밑을 긁적였다.

"저 사실 면접 본 데서 연락이 왔거든요. 안 그래도 내일쯤 그만둔다는 말씀드리려 했는데."

"어? 어디 합격했어? 진짜 잘됐다, 야."

흠칫 놀란 민구는 카운터를 나와 강토의 어깨를 두드렸다.

"최종 합격한 건 아니고요, 석 달짜리 인턴입니다. 열심히 해서 정식사원이 돼야죠."

강토는 고개를 숙이며 한마디 덧붙였다.

"그동안 돌봐주신 은혜 잊지 않겠습니다."

돌봐주신 은혜라, 민구는 그렇게 말할 줄 아는 녀석이 대견스럽고 고마웠다. 역시 기본 품성은 된 놈이란 말야. 둘이 작별의 악수를 나누고 있을 때 손님 네댓 명이 한꺼번에 몰려왔다. 그 바람에 민구는 제자리로 돌아와야 했다. 말이 끊긴 게 아쉬웠는지 강토가 문을 나서기 전 큰 소리로 인사했다.

"사장님 번창하십시오. 나중에 꼭 찾아뵙겠습니다."

손님이 내민 로또 용지를 발매기 투입구에 넣던 민구도 즉각 맞손을 흔들었다.

"그래! 꼭 성공해야 한다."

도혜는 역시 똑똑한 여자였다. 첫 출근한 날 오전 나절 만에 로또 발매기 시스템을 완벽히 숙지했다. 5천 원어치는 〈5게임 자동/1티켓〉 버튼을, 만 원어치는 〈10게임 자동/2티켓〉 버튼을 누르면 되는 거죠? 10만 원어치는 열 번 누르는 거고요? 그러면서 실전에 바로바로 적용했다. 토토도 막힘이 없었다. 투표용지를 단말기 투입구에 넣고 버튼을 터치해 투표권을 출력하는 손놀림이 어찌나 빠른지 초보가 맞나 의심이 들 정도였다.

그동안 강토가 해왔던 카톡 베팅 절차도 금방 이해했다. 둘째 날 오전에 백인 청년 리오가 얼굴을 내밀더니 카톡 베팅을 계속해달라고 부탁했다. 민구는 기꺼운 마음으로 받아들였다. 단 이제부턴 자기한테 직접 카톡 메시지와 베팅금을 보내라고 했다. 도혜의 연락처를 그 누구에게도 함부로 알려줄 수는 없으니까. 이후 절차를 도혜에게 설명했더니 바로 알아들었다. 사장님이 보내주는 카톡 메시지대로 베팅하면 되는 거죠? 투표권은 황금 봉투에 담아 서랍에 보관하면 되고요.

똑똑한 도혜는 성실하기까지 했다. 아침 일찍 출근한 것도 예뻐 죽겠는데 바닥을 밀대로 훔치는 일이나 휴지통 비우는 잡일까지 알아서 척척했다. 예전에 커피숍 운영할 때 알바생을 써봐서 사장님 마음을 잘 안다는 갸륵한 말까지 하면서.

게다가 비누 향인 듯 샴푸 향인 듯 은은하게 퍼지는 그녀의 향기는 코끝을 휘감다 못해 온몸에 스며드는 것 같았다. 북적이는 복권방이기에 망정이지, 한적한 장소에 둘만 있었다면 민구는 그 향기에 취해 사랑의 세레나데를 읊었을지 모를 일이다.

원래 수습 교육 기간을 일주일로 잡았지만 사흘로도 충분했다. 나흘째부터는 그녀 혼자 별 탈 없이 잘해 나갔다. 민구는 대신 한 시간 일찍 출근했다. 보고 있기만 해도 좋은 여우를 조금이라도 빨리 보고 싶어 미칠 지경이었다. 월요일 오후마다 차 노인이 나타나면 정중하게 인사하는 건 물론이고 커피까지 손수 타 주었다. 마음속의

장인어른께 최대한 점수를 따고 싶었다.

도혜 효과는 민구의 사심을 흔드는 선에서 멈추지 않았다. 보름쯤 지나자 복권방 매출 증대가 확연히 보였다. 예전에 커피집을 운영해 봐서 그런지 확실히 손님을 끌 줄 아는 그녀였다. 나긋나긋하고 홀리는 듯한 그녀의 미소 덕분에 원래 남자가 대다수인 토토 손님이 특히 많이 늘었다.

덩달아 그녀의 토토 견문도 놀랄 만치 넓어졌다. 토토판에서 몇 년 굴러먹은 사람들이나 입에 올리는 얘기를 스스럼없이 읊어댔다. 오늘 엘지가 이기면 2.3배 역배당이네. 이번 경기엔 손흥민이 안 나오나, 토트넘 배당이 왜 이리 높아?

수익이 늘어나 좋긴 하지만 민구의 마음 한편에 고민거리 하나가 들어섰다. 어떤 돈 많고 잘생긴 남자 손님이 도혜한테 대놓고 수작을 부리면 어떡하지? 늙다리 노총각의 내면을 환하게 밝혀준 여자를 눈뜨고 빼앗길 수는 없지 않은가. 어떡하긴 뭘 어떡해? 그런 놈은 아예 복권방 출입을 금지시켜 버리면 되지.

스스로 묻고 스스로 답하며 햇볕이 내리쬐는 통유리를 바라보고 있을 때였다. 하도 연락이 없어 어디 가 죽은 줄만 알았던 놈이 짠, 하고 모습을 드러냈다. 그 이름도 거대한 태산이었다.

"안녕하셨습니까? 형님."

히틀러처럼 손을 번쩍 들고 입장하는 모습에 핏대가 슬쩍 돋았다.

"너 이놈의 자식. 그렇게 전화해도 안 받더니. 뭐 그리 당당해?"

"아이고, 형님. 그동안 제가 형님을 얼마나 그리워했는지 아십니까?."

"그리워해? 그런 놈이 전화 한 통 안 해?"

"피치 못할 사정이 있어서요, 그래도 이렇게 형님의 용안을 알현하러 왔는데 아량을 베푸심이 어떨는지."

정말이지 간신 나라 충신이 따로 없었다.

"그러잖아도 형님을 일찍 뵙고 싶어 아까 아침에 왔었는데 웬 미모의 여인이 카운터를 지키고 있대요. 누구예요?"

"우리 알바다. 뭐, 꼬시려고?"

"혹시 형님 이거에요?"

태산이 새끼손가락을 세웠다.

"그거면?"

"형님 애인이면 제가 물러나야죠. 아무 사이 아니면 한번 꼬셔볼까 했지만."

"너, 그 여자 건드리면 나한테 어떻게 되는지 알지? 죽음이야, 죽음."

주먹 쥔 손을 내보이며 으름장을 놓자 녀석이 잽싸게 꼬리를 내렸다.

“넵, 명심하겠습니다. 이 시간부로 딱 접겠습니다.”

그때 중년 남자 손님이 들어와 만 원을 내며 “자동 두 개요” 했다. 로또 5천 원짜리 두 장을 자동으로 출력해 내주는 동안 태산이 무슨 말을 하려는 듯 입술을 연신 달싹였다. 손님이 나가자 녀석이 다가오더니 목소리를 낮춰 말했다.

“사실은요. 제가 오늘 엄청 중요한 얘기를 하러 왔는데, 잠깐 문 잠글 수 있어요?”

“무슨?”

되묻긴 했지만 민구는 어쩐지 진오 얘기일 거라는 생각을 떨칠 수 없었다. 그 씹어먹어도 시원찮을 진오 놈 소식을 물고 왔구나, 이 녀석이….

잔머리 + 풀가동

행복 고시원, 신나라 노래방, 노다지 복권방, 고향 찻집…. 익숙한 간판들이 잇달아 눈에 들어왔다.

태산이 이 골목에 온 건 여섯 달 만이다. 그동안 발길을 끊은 건 순전히 진오 형 때문이었다. 지난봄, 로또 1등을 맞은 그가 5백만 원을 건네며 복권방 근처엔 얼씬도 하지 말라고 했다. 그때 들었던 말이 아직도 쟁쟁하다. 내가 1등 맞은 거 누구한테도 말하지 마라. 특히 민구 형하고는 통화도 하지 마라. 이유는 묻지 말라고, 나중에 때 되면 얘기해준다고 했다. 서로 멱살 잡고 싸우기라도 했나? 뭐, 자세한 내막은 알 바 아니었다. 일단 돈벼락 맞은 인간한테 붙어서 최대한 뽑아먹자는 게 태산의 속셈이었다.

그동안 진오 형이 많이 떼주긴 했다. 강원랜드 동행해 준 대가로 5백만 원, 바카라로 땄다고 2백만 원, 비트코인 폭등했다고 3백만 원. 사흘전엔 현금 3천만 원과 최신형 그랜저도 건넸다. 자기가 요양병원에 입원하면 일주일에 한 번 면회 와 달라고 당부하며.

그가 어제는 느닷없이 민구 형님을 만나보라고 했다. 그를 그랜저에 태워 태안의 요양병원으로 가는 길에서였다. 로또 1등 당첨금을 반띵하기로 약속했었는데, 이제라도 약속을 지켜야겠다며 꺼낸 얘기였다. 단지 자기가 지금 그 모양 그 꼴이니 태산이 먼저 민구 형님을 만나 마음을 풀어주라는 거였다. 여차하면 태안으로 모시고 내려오라면서. 알고 보니 주기로 한 돈이 무려 10억이었다.

치이, 죽을 때가 되니 죄를 씻고 싶은 거겠지. 반띵 약속을 깨고 먹튀한 죄. 전화건 문자건 죄다 씹은 죄. 태산에게 수고비 준다는 말은 따로 없었다. 그동안 건넨 돈과 차로 충분하다고 보는 것 같았다. 하지만 그건 인간 양태산을 몰라도 너무 모르는 소리다. 이미 내 손에 들어온 건 내 것일 뿐이다. 화해와 평화의 중재자 역할을 맡겼으면 그에 상응하는 대우를 해줘야 하지 않나.

서울로 올라오는 길. 태산은 잔머리를 풀가동했다. 아차피 그 인간한테선 더 이상 뽑아먹을 돈도 없는 것 같고, 이제 민구 형님 몫에서나 빼먹어야겠다. 10억 중에서 5억을 가로채는 거야. 어차피 진오 형이 죽을 때까지 보살필 사람은 나고 사후 처리도 내가 다 할 것이다. 말로 한 반 띵 약속보다 그게 수백 배는 더 값어치 있는 일 아닌가. 5억 아니라 6억 7억을 내가 먹는다 해도 민구 형님은 찍 소리 못할 것이다.

그런 마음으로 오전 일찍 찾아온 노다지 복권방이었다. 그런데 민구 형님은 보이지 않고 또래로 보이는 숙녀가 카운터를 지키고 있다. 누구지? 삼삼한데? 또렷한 쌍꺼풀 눈매와 우아한 어깨선이 서른여덟 노총각의 마음을 흔든다.

"사장님은 어디 가셨나요? 잘 아는 동생인데."

"이따가 정오쯤에 나오실 거예요. 원래 출근 시간이 오후 1시인데 한 시간 일찍 나오세요, 요즘."

"그래요? 근데 그쪽은 알바신가요? 못 보던 분이네요."

그녀가 이번엔 배시시 웃기만 한다. 간단히 흩어지는 미소가 아니라 칙칙한 복권방을 은은하게 물들이는 미소.

그 미소에 홀려 태산은 평소엔 쳐다보지도 않던 즉석 복권을 만 원어치나 샀다. 2천 원짜리 네 장과 천 원짜리 두 장을 테이블에 올려놓고 동전으로 열심히 긁었지만 죄다 꽝이었다. 어휴, 어떻게 하나도 안 맞아! 소리라도 치고 싶었지만 미녀 앞인지라 조그맣게 중얼대고 말았다.

"심심풀이로 긁었다가 순식간에 만 원 나갔네요."

미녀가 또 입을 조금 벌려 소리 없이 웃었다. 도톰한 살구색 입술에 멍하니 시선을 빼앗긴 태산은 마침 들려온 "연금복권 두 장 주세요"하는 남자 손님 목소리에 겨우 정신을 차렸다. 흐음, 이따가 오후에 다시 와야겠다.

그 즉시 복권방을 나온 태산은 피시방에 들러 게임 몇 판 때리곤 집으로 돌아왔다. 어머니가 전기밥솥에 해놓은 밥과 냉장고 속 반찬 몇 가지로 점심을 때웠다. 어머니는 칠순이 눈앞인데도 동네 병원에서 청소 일을 하고 있다. 돈을 빨리 긁어모아 어머니 고생도 덜고 월세 신세도 면해야 할 텐데 그게 마음처럼 쉽지가 않다.

태산은 어릴 적 아버지를 여의었다. 홀어머니 밑에서 어렵게 자란 그는 고등학교도 겨우 졸업했다. 첫 일자리가 나이트클럽 삐끼였는데 1년도 안 돼 그만뒀다. 선배들이 군기 잡는답시고 툭하면 얼차려 주고 심심하면 두들겨 팼다. 그 뒤로 레스토랑 접시닦이, 막노동 잡부, 식료품 배달 등 다양한 직업을 전전했다.

대리기사로 정착한 건 8년 전부터였다. 야심한 밤에 술 취한 손님의 차를 몬다는 게 썩 내키진 않았지만 편한 걸로 따지면 괜찮은 일이었다. 출근하고 싶으면 하고 나가기 싫으면 안 나가도 된다. 삐끼처럼 이리저리 뛰지 않아도 휴대폰 뒤적이고 있으면 콜이 온다. 돈벌이도 지금까지 해본 일 중 제일 낫다. 시간당 2만 원 넘게 찍는 경우가 다반사고 짭짤한 팁을 받는 경우도 더러 있다.

1년 전부터는 비트코인에도 투자하고 있다. 먼 친척이 비트코인으로 떼돈 벌었다는 얘기를 듣고난 뒤였다. 인생은 역시 한방이다. 한방으로 역전해야 한다. 재력 학벌 직업, 뭐 하나 내세울 게 없는 흙수저라 별다른 선택지도 없다. 돈 생기는 족족 비트코인에 넣는 것만이 돈벼락 맞는 길이고 어머니께 참한 며느리를 인사시키는 길이다. 그런 와중에 5억이란 돈이 눈앞에서 알짱대고 있다. 이걸 놓치면 그냥 혀 깨물고 죽어야 한다.

소파에 누운 채 휴대폰으로 비트코인 시세를 확인했다. 요 며칠째 3,800만 원대에서 횡보하고 있다. 좋아, 좋아. 계속 그렇게 옆으로 기고 있어라. 머지않아 5억을 때려 박아 줄 테니.

오후 2시. 태산은 집을 나와 다시 노다지 복권방을 찾았다. 너 이 놈의 자식 어쩌구 하며 핏대를 세우는 민구 형님에게 용안을 알현하러 왔다고 살살거렸더니 금세 표정이 누그러졌다. 오전에 카운터를 지키던 여인은 누구냐고 물었더니 짐작대로 알바생이란다. 장사가 잘되나 봐. 알바를 다 고용하고. 혹시 애인이냐고 묻자 그가 종주먹을 흔들며 그 여자 건드리면 죽음이야, 하고 으름장을 놓는다. 명심하겠다며 바로 꼬랑지를 내렸다. 그러면서 용건을 꺼냈다.

“사실은요. 제가 오늘 엄청 중요한 얘기를 하러 왔는데, 잠깐 문 잠글 수 있어요?”

그러자 그가 원탁에 앉으라고 했다.

“진오 형이랑 로또 1등 반띵 하기로 약속했다면서요? 그 형이 이제 약속 지키고 싶다는데요.”

“뭐라고? 그 돈 준대? 그 거짓말 진짜냐?”

원탁에 앉자마자 던진 말에 그의 게슴츠레한 눈이 휘둥그레졌다.

“36계 줄행랑칠 땐 언제고. 걔 혹시 오늘내일하는 거 아니냐? 사람이 죽을 때가 되면 행실이 달라진다던데.”

“와! 소름. 형님, 작두 타세요?”

태산의 새우눈도 땡그래졌다. 죽을 때가 된 거 맞다고, 말기 암인데 지금 충남 태안의 요양병원에 있다고, 기껏해야 몇 달 안 남은 목숨, 이제라도 속죄하는 거라고 침을 튀겼다. 그러자 민구 형님이 꺼지게 한숨을 내쉬었다.

“어쩌다 그놈이. 애통하다, 애통해. 인생사 공수래공수거라더니 대박 맞아봐야 결국 빈손으로 가는구나.”

제풀에 고개까지 숙이는 그를 향해 태산은 슬쩍 승부수를 띄웠다.

“근데요. 진오형이 당첨금을 엄청 탕진했대요. 술값으로 날리고 아가씨 팁으로 날리고 카지노 하다 털리고. 그러다 몹쓸 병에 걸린 거래요."

"잉? 얼마나 날렸는데?"

"형님한테 드릴 돈의 반밖에 안 남았대요, 잔고가 5억 몇천뿐이라던대요."

그가 벌컥 역정을 내며 자리에서 일어섰다.

"아주 씨발, 흥청망청 퍼질렀구먼. 그럼 대체 나한테 얼마를 주겠다는 거야?"

"자투리 돈 몇천은 요양비로 쓰고, 5억을 드리겠다는 거죠."

"5억? 흐음…."

그가 다시 착석하며 두 팔을 자신의 가슴 앞에 엇갈려 꼈다.

"5억이라…."

그 사이 태산은 냉온수기로 가서 종이컵에 냉수를 받아왔다. 그럴듯한 소설 한 자락 읊고 나니 목이 칼칼했다. 생각에 잠겨있던 민구 형님이 드디어 입을 열었다.

"5억 오케이! 불쌍한 놈한테 내가 적선한 셈 친다."

그러더니 "다만" 하며 두 손을 깍지 껴 원탁에 올렸다.

"걔 얼굴 한번 보자. 죽어가는 게 맞는지, 맞다면 손이라도 한 번 잡아주게."

이 양반이 속고만 사셨나. 태산은 당황한 티를 내지 않으려고 남은 물을 쭈욱 들이켰다. 그가 말을 이었다.

"태안이면 고속버스로 두 시간 넘게 걸리겠는데."

으으. 계속 머뭇댔다간 소설 읊은 거 다 들통날라.

"형님, 제가 모시겠습니다. 저 요즘 진오 형이 준 신형 그랜저 몰고 다니거든요."

"그래? 잘됐네. 암튼 그 자식 여기저기 돈지랄 엄청 하고 다녔구먼."

민구 형님은 길게 끌 것 없이 내일 아침 6시에 내려가자고 했다. 오후 1시까지 돌아오면 된다면서.

"알겠습니다. 그럼 낼 아침에 뵙죠."

태산은 복권방을 나와 곧장 진오 형에게 전화를 걸었다. 자신의 몫 5억을 미리 못 박아놔야 한다는 조바심이 들끓었다.

"민구 형님하고 얘기가 잘 됐는데요. 10억 중에서 5억만 줘도 돼요. 나머지 5억은… 나 주면 될 것 같아…."

거기까지 말하곤 아니지, 하고 고개를 흔들었다. 이게 전화로 할 얘기가 아니지. 얼굴 보면서 해도 먹힐까 말까다. 그래서 훅 내뱉었다.

"저기, 형. 내가 지금 태안으로 내려갈게요."

태산은 집으로 가서 골목에 주차해 놓은 그랜저에 시동을 걸었다. 한시가 급했다. 지금이 오후 2시 40분. 태안에 다녀오면 이슥한 밤일 테고 내일 아침 일찍 또 민구 형님과 내려가야 하지만, 그래도 엑셀을 밟아야 한다. 온갖 아양을 떨고 때로는 배짱도 부리면서 진오 형을 구워삶아 놓아야 한다. 그러지 않으면 5억 놓친단 말이야!

태산이 당장 내려오겠다며 전화를 끊었을 때 진오는 피식, 하고 바람 빠지는 소리로 웃었다. 그래 인마, 5억 먹기가 쉽냐? 그게 전화로 되겠냐고.

민구 형님과 반띵 약속한 얘기를 들려줄 때부터 어느 정도 내다보긴 했다. 태산이 중간에서 얼마 먹으려 들 거라고. 적어도 일이천 만원은 뗄 거라고. 무슨 수를 써서라도. 그런데 무려 5억이나 가로채겠다니. 아무튼 체구는 점만 해도 배포 하나는 태산만 한 놈이 태산이었다.

진오로서도 딱히 손해 볼 게 없었다. 민구 형에겐 5억만 줘도 반띵 약속을 지키는 게 된다. 본인이 동의했다니 말이다. 나머지 5억은 태산한테 주되 한참 뒤에 준다고 하자. 그래야 주기적으로 면회 오고 휠체어 산책시켜 주기로 한 약속을 지킬 거 아닌가. 당장 주면 냉큼 받아먹고 나 몰라라 할 게 틀림없다.

그놈의 한참 뒤가 언제냐고 태산이 쫑알대면? 마침 좋은 카드가 하나 떠올랐다. 그 옛날 사채업 할 때 간간이 써먹던 방법을 다시 쓸 때가 온 것이다.

태산이 요양병원에 도착한 건 가을 햇살이 산등성이 너머로 기울 무렵이었다. 진오는 휠체어에 몸을 싣고 3층 면회실에서 그를 만났다. 환자복을 입은 뒤로 처음 만나는 면회객이었다. 어제 본 얼굴인데도 오랜만에 본 양 반가웠다. 이 녀석과 함께 웃고 울고 지지고 볶은 세월이 얼마인가. 말 그대로 미운 정 고운 정 다 든 놈이었다.

"아까 전화로 하던 얘기 다시 하자면요."

태산이 운을 뗐다. 어지간히 급한 모양이었다. 보통의 경우라면 몸은 어때요, 좀 나아지셨죠? 라고 빈말로라도 물어볼 텐데. 그래도 이렇게 찾아온 게 고마워 진오는 따스한 목소리를 건넸다.

"됐어. 알았어. 무슨 얘긴지 알아들었다고."

"그러니까 그게요."

"글쎄, 다 안다니까. 내가 민구 형한테 줄 돈 10억 중에서 5억을 네가 먹겠다는 거 아냐. 반띵을 반띵하겠다는 거 아니냐고. 뭐 어쨌든 민구 형도 동의한 상황이고."

"그렇지. 암튼 머리 하나는 잘 돌아간다니까. 근데 이건 확실히 해두자고요. 내가 5억을 무작정 먹겠다는 게 아니라는 거. 이게 다 중간에서 좆뺑이치는 대가라고요. 서울 태안, 왔다 갔다 얼마나 힘든데. 민구 형님도 돈벌이가 옛날보다 몇 배는 더 잘되고 있어요. 그새 알바도 고용했더라고. 그런 사람한테 뭘 다 줘? 반만 줘도 춤을 출 텐데."

"알았어, 알았다고."

진오는 태산을 진정시킨 뒤 준비한 패를 깠다.

"근데, 그 5억 말야, 내가 죽은 다음에 네 계좌로 들어가게 하는 건 어떨까?"

"응? 뭔 소리야? 죽은 형이 어떻게 돈을 줘?""

"너, 공증이란 말 들어봤냐?"

진오는 '사망과 동시에 5억을 양태산에게 증여한다'는 유언장을 작성해 변호사한테 공증을 받아놓으면 된다고 했다. 상속과 관계없는 2인을 증인으로 내세우면 되는데, 공증비는 몇십만 원밖에 안 하니 당장이라도 변호사를 부를 수 있다고 덧붙였다.

"너도 그 자리에 참관할 수 있어. 어때? 믿을만하지?"

태산은 못내 아쉬운 듯 볼멘소리를 내뱉었다.

"내가 5억 먹고 입 닦을까 봐 그래? 날 그렇게 못 믿어? 몇 년을 같이 굴러놓고도?"

"못 믿어서가 아니라, 뭐든지 확실하게 해두는 게 좋으니까." 태산이 한발 물러섰다. 비듬 털듯 어깻죽지를 한 번 털더니 말을 돌렸다.

"나, 내일 아침에 민구 형님하고 또 내려올 거예요. 혹시 그 형님이 물어보면 현재 잔고가 5억 몇천밖에 안 된다고 해요. 그동안 엄청 탕진했다 그랬거든."

"그래서 5억밖에 못 주는 거라고 사기 쳤구먼."

호응한답시고 농담 투로 말을 건넸다. 그래도 사기라는 말은 뺄걸, 하는 데 태산이 바로 씩씩거렸다. 아까 꺼냈던 골뱅이 사촌을 또 들먹이며.

"사기라니? 이건 정당한 대가라고. 내가 지금 얼마나 좆뱅이 치고 있는지 몰라요? 그걸 몰라서 하는 소리야?"

알지 알지. 진오는 급히 손을 뻗어 태산의 어깨를 여러 번 두드렸다. 말 한마디 잘 못 했다가 녀석과 볼 장 다 볼 뻔했다.

"그리고 모레나 글피에 또 내려올 테니 그때 공증인지 뭔지 확실히 해놓자고요. 내가 이렇게 쌔빠지게 고생하고 있는데 말야,"

그다음 대목에서 둘의 대사가 부딪쳤다.

"알아주진 못할망정…." vs "그래, 알았다니까."

절반이라도

진오가 입원해 있는 은혜요양병원은 5층짜리 회색 건물이었다. 깊은 산 울창한 숲에 둘러싸인 자연 친화적 요양병원이라는 안내판이 눈길을 끌었다. 복도마다 미끄럼 방지용 매트가 깔린 것도 인상적이었다.

민구는 태산과 함께 3층의 2인 병실로 들어섰다. 진오가 아침 식사를 하기 위해 침대에 딸린 접이식 테이블을 펼치는 모습이 눈에 들어왔다. 식판에 담긴 소량의 밥과 잘게 썬 김치, 채소 수프 내음이 병원 특유의 냄새와 섞여 떠다니고 있었다.

"진오야!"

"어, 형님."

민구와 눈이 마주친 진오가 정지화면 속 인물처럼 얼어붙었다. 하얀 바탕에 파란 눈꽃이 박힌 환자복이 몰라보게 앙상해진 그의 몸집을 감싸고 있었다.

"어제 제가 모셔 온다고 했죠?"

민구 옆에 있던 태산이 그새를 못 참고 끼어들었다. 왔다 갔다 고생이 많다는 걸 꼭 그렇게 티를 냈다.

"어쩌다 이렇게 됐냐. 건강하던 몸이."

민구가 젖은 목소리로 말하며 진오에게 다가갔다. 진오가 수저를 놓더니 민구의 가슴께에 얼굴을 묻었다. 민구는 그의 어깨를 가만히 토닥였다.

"늦게 찾아와서 미안하다."

"아니에요. 약속 안 지키고 연락 끊은 거 죄송해요."

"아냐, 아냐. 그 얘긴 됐다. 난 네가 이렇게 됐다는 게 가슴이 미어질 뿐이야."

그 순간만은 진심이었다. 죽어가는 아우를 앞에 두고 돈 욕심이나 내비치는 비정한 형님이고 싶지 않았다. 그렇게 마음을 추스를 줄 아는 자신이 대견하기도 했다. 하지만 거기까지였다. 포옹을 풀기 무섭게 5억이란 돈이 압도적 포스로 다가왔다. 그 돈이면 아파트 한 채도 살 수 있는데. 오늘 무슨 일이 있어도 받아내야 하는데….

민구는 속내가 드러날까 봐 짐짓 딴청을 부렸다. 엄지를 젖혀 뒤쪽 침대를 가리키며 "여기는?" 하고 물었다. 진오가 흘끔 쳐다보며 대답했다. "비어 있어요."

민구는 빈 침대에 엉덩이를 걸치고 두서없이 말을 늘어놓았다. 식기 전에 어서 먹으라는 둥, 서울에서 두 시간밖에 안 걸렸다는 둥, 시골 공기가 역시 맑고 신선하다는 둥, 태산이가 이래저래 노고가 많다는 둥. 옆에 있던 태산이 손을 입가에 대며 흠흠, 헛기침을 했다. 묵묵히 듣고 있던 진오가 푹 패인 뺨을 실룩이더니 민구의 말을 잘랐다.

"지금 보내드릴게요."

민구는 무슨 말인지 알아챘지만 잘 모르겠다는 듯 대꾸했다.

"응? 뭘?"

"5억 맞죠?"

진오가 되물으며 태산을 슬쩍 쳐다봤다. 태산은 진오에게 한쪽 눈을 깜박거렸다. 둘의 눈빛 교환을 눈치챈 민구는 둘 사이에 뭔가 밀약이 있구나 싶었지만 "응, 맞는 거 같아" 하고 넘어갔다. 지금 이 상황에서 '니들 지금까지 짜고 친 거냐'고 성질냈다간 판 자체가 어그러져 한 푼도 못 받게 될지 모르니까.

"반밖에 못 드려서 죄송해요. 제가 다 탕진하는 바람에."

진오가 모바일 이체를 하며 풀죽은 목소리로 말했다.

"괜찮아, 괜찮아. 그거…"

민구는 거기까지 말하고 말문을 닫았다. 하마터면 "그거라도 얼른 보내줘" 하는 비굴한 문장을 완성할 뻔했다. 형님답게 무게 딱 잡고 있으면 그거라도 알아서 들어올 것을.

사실 5억만 해도 감지덕지였다. 전날 태산에게 그 말을 들었을 때 팔짱을 끼고 고심하는 척했지만 속으론 귀밑까지 입을 쫙 찢었다. 영영 못 받을 줄 알았는데 이게 웬 횡재인가. 죽어도 안 맞는 로또 1등에 덜컥 당첨된 기분이었다. 그렇다고 마냥 들떠 있을 수만은 없었다. 다 죽어간다는 진오가 행여라도 당장 죽으면 말짱 꽝 아닌가. 놈이 살아있을 때 얼른 받아내자. 그런 마음으로 아침 일찍 내려가자고 태산을 재촉한 거였다.

'거사'를 마치고 서울로 돌아가는 길. 민구는 삐져나오는 웃음을 참아가며 모바일 계좌를 들여다봤다. 숫자 5 뒤에 달라붙은 0이 무려 여덟 개였다. 로또 영업이익으로 환산하면 10년 치도 넘는 돈이었다.

그때 자연스레 떠오른 생각 하나. 이제 그만 로또 판매 허가증을 반납해도 되지 않을까. 안 그래도 아버지 사망신고를 하지 않은 게 못내 찜찜하던 터였다. 하지만 마음 저 밑에서 다른 목소리가 말을 걸어왔다. 로또 없이 토토만으로 먹고 살 수 있을까. 둘의 시너지가 사라지면서 매출은 확 떨어지고 토토마저 반납하게 될지 모르는데.

"근데요, 형님. 복권방 알바하는 그 여자분 말이에요."

민구의 상념을 깨운 건 핸들을 잡고 있던 태산의 음성이었다.

"예전엔 뭐 하던 분이었어요?"

"왜 또 마음이 동하냐? 막 보고 싶고 그래?"

"저는 진작에 포기했다니까요. 그냥 궁금해서 묻는 거예요."

"찻집 했었어. 옆 동네 골목에서 한 4년 했다더라고."

"어쩐지 장사 수완이 있는 것 같더니. 사람 홀리는 미소가 장난이 아니야. 그분이 찻집을 하고 있으면 내가 맨날 놀러 갈 텐데. 좋잖아요? 차도 마시고 얘기도 나누고."

가만. 뭔가 산뜻한 아이디어가 떠오른다. 민구는 태산 쪽으로 귀를 길게 늘어뜨렸다.

"아참, 형님네 복권방 옆집도 찻집이잖아요. 거긴 노부부가 운영하는 데 아닌가? 손님이라곤 맨날 노인네 몇 명밖에 없던데. 좀 젊고 세련된 여자가 맡아서 하면 손님이 바글바글할 텐데."

바로 이거다! 민구는 엄지를 검지에 대고 따닥 튕겼다. 한 달 전 매물로 나온 그 찻집을 내가 인수하는 거다. 생돈 5억도 생겼겠다, 복권방과 찻집 사이 벽을 터서 한 매장으로 만들어버리자. 마침 찻집을 운영할 젊고 세련된 여자도 있지 않은가. 예쁘고 똑똑하고 성실하기까지 한 도혜. 토토와 찻집의 결합 효과를 극대화시킬 그 환한 미소.

민구는 곁눈으로 태산을 바라봤다. 이 녀석이 이렇게 고마울 줄이야. 내 몫을 어느 정도 가로챈 것 같긴 하지만 그 정도는 녀석의 공로를 생각하면 얼마든지 용서해 줄 수 있다. 아닌 말로, 이 애가 애쓰지 않았으면 진오한테 십 원 한 푼 못 받았을지 모른다. 토토와 찻집의 시너지를 떠올리게 된 것도 순전히 태산 멘트에서 힌트를 얻은 게 아닌가. 급기야 민구는 마음에서 우러나는 한마디를 던지지 않을 수 없었다.

"야, 너 뭐 먹고 싶냐?"

"왜요? 사주시게요?"

"휴게소에서 맛있는 거 먹고 가자. 내가 쏠게."

"그럼 최고급 장어 정식 먹어도 됩니까?"

"되고말고. 더 비싼 거 없냐?"

이제 곧 도혜와 사업 동업자가 되고, 인생 동반자에까지 이르는 미래를 상상하면 그 어떤 진수성찬을 바쳐도 아깝지 않을 놈이었다.

다음 날 저녁 7시, 민구와 도혜가 만났다. 복권방이 아

닌 유명 맛집으로 소문난 동네 한우 전문점에서.

민구로선 복권방 골든타임인 저녁 시간대 영업을 포기하고 나온 거였다. 그까짓 거 도혜와 나눌 두근두근 데이트에 비하면 아무것도 아니니까.

오후 1시에 퇴근한 도혜는 흰색 티셔츠에 파스텔톤 브이넥 카디건으로 멋을 냈다. 데이트라고 하긴 뭐하지만, 그래도 노 사장과 단둘이 밖에서 만나는 거라 신경 좀 썼다.

"도혜 씨. 아주 중요한 얘기가 있는데, 시간 좀 내주실래요?"

민구가 들뜬 표정으로 말을 건넨 건 전날 오후였다.

"네? 무슨?"

"내일 저녁 식사 함께하면서 말씀드리고 싶은데. 저한테 아주 멋진 아이디어가 있거든요."

"멋진 아이디어요? 그게 뭘까? 힌트라도."

민구는 요점만 말씀드리면요, 하고 입을 열었다. 이제 그만 로또를 반납하고 그 대신 찻집을 열려고 한다. 옆 찻집을 인수해서 벽을 틀 생각이다. 토토와 찻집의 결합 효과를 노리는 거다. 그러면서 도혜한테 찻집을 맡아 운영해 달라고 했다.

도혜는 처음엔 이게 웬 뜬금포인가 싶어 네? 네? 하며 눈만 끔벅거렸다. 그러니까 찻집 사장님이 되시는 거라고요, 도혜 씨가. 민구의 마무리 멘트를 들은 뒤에야 정신이

번쩍 들어 노총각 홀리는 달달한 미소를 흘려보냈다.

“멋진 아이디어 맞네요. 그럼 제가 시간을 내야죠.”

그 말이 떨어지기 무섭게 민구는 근사한 데 가서 맛있는 거 먹자고, 사장이 돼 가지고 회식 한 번 안 해 미안하다고, 그 죄를 이번에 화끈하게 씻겠다며 법석을 떨었다.

윤기가 좌르르, 때깔도 영롱한 한우 눈꽃 등심에 도혜는 와, 하고 저도 모르게 손뼉을 쳤다.

“많이 드십시오. 보기만 해도 침 넘어가지 않나요?”

민구는 부자 남편이라도 된 양 기운이 뻗쳐 심히 거들먹거렸다.

“사장님 덕분에 오늘 제대로 호강하네요.”

도혜의 호의적 반응에 민구는 달뜬 목소리로 제안했다.

“여기선 입 호강 실컷 하고요. 이따가 커피숍 가서 어제 한 얘기를 본격적으로 나누는 게 어떨까요?”

“네네. 사장님 뜻대로요.”

드디어 꽃등심 만찬이 시작됐다. 두툼하게 썰어진 등심을 한 점 한 점 맛보며 둘은 경쟁하듯 음, 아, 하고 감탄사를 쏟아냈다. 말 그대로 입안에서 살살 녹아내렸다.

입 호강만 하자고 했다 해서 대화를 한마디도 나누지 않은 건 아니었다. 우리 상가 골목에서 우리 복권방이 제일 북적댄다는 둥, 원조 쭈꾸미 집 사장도 토토 마니아인데 적중률은 별로라는 둥, 가만 보니 토토 손님이 로또 손님보다 많은 것 같다는 얘기 등을 두서없이 주고받았다. 본격 대담에 앞선 일종의 웜업 토크였다.

후식으로 시원한 물냉면을 비운 둘은 인근 스타벅스로 자리를 옮겼다. 젊은 연인이 많은 장소이니만큼 누가 보면 한 쌍의 커플로 여길 법도 했다. 도혜가 아메리카노 한 모금을 마시고 먼저 말문을 열었다.

"근데 왜 갑자기 로또를 반납할 생각을 하신 거예요?"

민구는 바닐라라테를 빨대로 쭈읍 빨고 나서 대답했다.

"요 며칠 고민해 봤는데요. 내년에 또 도혜 씨 아버님께 우리 아버지 대타를 맡기려니 벌써부터 죄송하고 찜찜해서… 더는 안 되겠다 싶더라고요."

마음에도 없는 말을 읊은 게 뜨끔해 민구는 얼른 본론으로 넘어갔다.

"어제도 말씀드렸지만, 커피집을 열어 토토와 결합하면 그 효과가 엄청날 겁니다. 제 생각엔 도혜 씨한테도 좋은 기회가 될 것 같은데."

도혜는 얘기를 일단 다 들어보자는 심정으로 커피잔만 만지작거렸다. 좋은 기회가 맞긴 맞는 것 같다는 생각을 하면서. 예전 커피집은 후미진 골목에 자리했던 게 패인이었다. 제아무리 뛰어난 커피 맛과 친절한 미소를 내세운들 대형 커피숍들에 가려져 살아남기 힘든 위치였다. 하지만 유동 인구도 꽤 되고 나름의 골목상권이 형성된 지금의 복권방 자리라면 해볼 만하다. 게다가 단골로 이어질 토토 손님들을 일정 정도 확보하고 있으니 반은 먹고 들어간다.

"찻집 오픈 비용 같은 건 걱정 마십시오. 그동안 벌어놓은 돈이 꽤 되거든요."

"오, 그러시구나."

도혜는 합장하듯 두 손을 가운데로 모았다. 벌어놓은 돈이 꽤 된다는 말에 특별한 관심을 보이지 않을 수 없었다.

"향후 플랜이 어떻게 되냐면요? 들어보면 멋지다는 얘기가 절로 나올걸요."

"해보세요. 멋없기만 해봐."

애인한테나 들을 법한 애교성 반말에 은근 힘이 난 민구는 목소리를 한 톤 올렸다. 중간 벽을 트고 인테리어를 하는 비용은 물론 커피머신기, 주방 기구, 테이블 등을 장만하는 비용을 다 대겠다고 했다. 5천만 원 정도로 예상되는 찻집 보증금도 내겠다고 했다. 창업 비용으로 총 1억이 들 거 같다는 말도 덧붙였다.

"일종의 숍인숍 형태가 되는 거죠. 이거 멋진 플랜 아닌가요?"

"음, 멋진 것까진 몰라도 괜찮긴 하네요."

"아참, 그리고요. 제가 명목상 대표지만 도혜 씨에게도 커피집 사장에 합당한 대우를 해드리겠습니다. 이건 진짜로 멋진 제안 아닌가요?"

"합당한 대우라면…."

"그러니까, 찻집 수익을 6대4으로 나눴으면 합니다. 제가 6, 도혜 씨가 4."

민구딴엔 고도의 전략이었다. 5대5로 해도 되지만 처음부터 반반을 제안하면 이 여우는 6을 먹겠다고 나설 게 뻔하다. 짐작대로 도혜가 미간을 찌푸리며 입술을 삐죽 내밀었다.

"실망이네요. 의욕이 갑자기 식어."

"왜 식죠? 도혜 씨 돈 들어가는 거 하나도 없는데?"

민구는 말 나온 김에 성공보수 5백만 원도 깔끔하게 정리하겠다고 했다. 이미 지급한 이달 치 120만 원을 뺀 잔여금 380만 원을 지금 당장 줄 수 있다면서.

"그래도 그렇죠. 6대4면 순수입 4백일 땐 160만 원, 5백일 땐 2백만 원 주신다는 거잖아요. 이거 노동 착취 아니에요?"

"노동 착취요?"

"자 봐봐요. 커피집을 오전 11시부터 밤 9시까지 연다고 치고, 하루 10시간을 혼자 일하는 거예요. 그런데 절반도 안 되는 몫을 떼준다? 그게 무슨 사장한테 해주는 합당한 대우예요?"

하여튼 말로는 못 당해. 민구는 겸연쩍게 웃으며 한발

물러서는 모양새를 취했다.

"알겠습니다. 그럼 5대5로 하죠, 하하"

뭐야? 저 웃음은. 생각대로 돼간다 이거야? 도혜는 순간 열이 뻗쳐 초강수를 던졌다.

"아뇨. 6대4 아니면 안 할래요."

"에? 누가 6?"

"당연히 제가 6이죠."

맙소사! 민구는 여기서 말 한마디 더 했다간 무슨 반격을 또 당할지 몰라 입을 꾸욱 다물었다. 진짜 보통내기가 아니야. 바로 자기가 더 먹겠다고 나오네.

정적의 시간은 길지 않았다. 자칫하면 이 여우의 매력적인 쌍꺼풀 눈매와 우아한 어깨선을 영영 못 볼지 몰라. 쌍무지개처럼 빛나는 지혜와 성실까지 다 놓칠지 모른다고. 민구가 손을 뒤통수로 가져가며 수긍했다.

"알겠습니다. 6대4로 하죠. 도혜 씨가 6."

그래도 이 여자가 7을 부르지 않은 게 어디냐며 애써 위안을 했지만, 명색이 대표인데 좀 비굴한 거 아닌가 싶어 민구는 급히 목청을 높였다!… 가 목소리 힘을 바로 뺐다.

"그 대신 열심히 하는 겁니다!… 뭐, 알아서 잘하시겠지만."

홧김에 던진 6대4가 그대로 통하다니. 순수입 5백이면 3백을 갖는 거야. 도혜는 손뼉이라도 치고 싶은 마음을 꾹 누르며 가지런한 이를 활짝 드러냈다.

"열심히 잘할게요, 알아서."

그러자 민구가 "이제 진짜," 하고는 바닐라라테를 마저 들이켰다. 그러곤 뒷말을 이었다.

"원팀이 된 거네요."

"네, 그래요, 원팀."

민구는 원팀, 원팀 중얼대다 말고 코밑을 쓰윽 훔쳤다. 원팀으로 가기 전 해야 할 일들이 줄줄이 떠올랐다. 내일 당장 아버지 사망신고부터 해야 한다. 돌아가신 지 벌써 한 달 하고도 보름이 지났다. 까짓거 과태료 몇만 원 물면 되겠지. 왠지 불효하는 것 같아 찜찜했는데, 이번 참에 훌훌 털어야겠다.

그 다음엔 무슨 일, 또 그다음엔 무슨 일…. 민구의 머릿속이 바쁘게 돌아가기 시작했다.

토토랑+커피랑

마침내 '토토랑 커피랑'이 문을 열었다. 노다지 복권방 간판을 내린 지 일주일만이었다.

민구는 지난주에 아버지 사망신고를 마친 뒤 로또 판매 허가증을 반납하는 수순을 밟았다. 시행사 측에 연락했더니 반나절 만에 직원이 출동해 로또 단말기를 떼어내고 남은 연금복권과 즉석복권을 수거했다. 그 모습을 바라보던 민구는 속에서 무언가 울컥하는 게 올라왔지만 미소를 잘근잘근 씹으며 내리눌렀다. 직원이 문을 나설 땐 그의 등을 로또라고 생각하고 손을 흔들었다. 잘 가라, 멀리 안 나간다. 덕분에 잘 먹고 잘살았다….

애써 여유를 부린 것도 잠시. 민구는 쓸모가 없어진

로또 용지를 쓰레기 박스에 버리다가 끝내 눈물 한 방울을 찍고 말았다. 정든 가족을 떠나보내는 아픔이 와락 솟구쳤다고나 할까. 새출발 의지는 그렇게 묵은 감정을 비워내고 난 뒤에 더욱 단단해질 수 있었다.

깜찍한 뉘앙스를 풍기는 새 상호는 '원팀 파트너' 도혜의 작품이었다.

"토토랑 커피랑 짝짜꿍 잘 해보자는 의미예요."

웬 짝짜꿍? 그럼 나도 가만히 있을 수 없지. 민구는 상호 밑에 들어갈 수식어로 '토토와 커피의 환상 케미'를 제시하며 여우를 향한 흑심을 한 뼘 더 키웠다.

영업을 멈췄던 일주일은 마침 스포츠토토 발매 휴식기간이었다. 토토 시행사 측에선 1년에 한두 번 토토 발매를 중단하는데 그 이유는 판매점주들의 휴식을 보장하고 토토의 연 매출 총량을 제한하기 위해서다. 어쨌거나 두 사람에겐 실내를 새 단장할 수 있는 좋은 기회였다.

커피집 인테리어는 도혜가 맡았다. 따뜻하고 세련된 느낌이 나도록 베이지와 우드 계열 색감으로 톤을 맞췄다. 테이블은 모두 여덟 개. 4인용 테이블 두 개와 2인용 테이블 세 개를 기존 찻집 자리에 놓았고 벽이 있던 자리에 1인용 테이블 세 개를 배치했다. 차를 마시든 토토를 연구하든 혼자 오는 손님을 위한 배려 차원이었다. 기존의 복권방도 토토방 변신에 맞춰 재탄생했다. 책상 몇 개를 이어 붙인 구닥다리 형태에서 벗어나 L자 모양의 최신형 우드 테이블로 거듭났다. 테이블 위엔 두 사람당 한 대꼴로 컴퓨터를 놓았고 테이블 아래엔 최신형 팔걸이의자 여덟 개를 놓았다.

개업 날, 축하 화환이 양쪽 출입문 옆으로 주욱 늘어섰다. 건물주와 토토 시행사 측에서 각각 '대박 기원'과 '축 발전'이란 문구가 적힌 화환을 보내왔고 민구의 단짝 친구 경식은 "짜릿한 적중, 토토의 참맛"이라는 문구를 달아 보냈다. 도혜의 지인들도 화환을 보내왔다. 중고교 동창인 한 친구가 "토토랑 커피랑 아주 잘 어울릴랑"이라는 글을 남겼고 예전에 변호사 사무실 다닐 때 친하게 지냈던 선배 언니는 "차도혜 차차차"라고 간명하게 속삭였다.

"사장님 두 분, 축하드립니다."

커피집이 영업을 시작한 오전 11시. 때맞춰 태산이 얼굴을 내밀었다. 손을 번쩍 들고 입장한 그는 민구에게 먼저 다가가 살살거렸다.

"형님 대박이 곧 저의 대박입니다."

"야야, 멘트에 영혼이 없잖아. 영혼이."

민구의 답변은 관심 없다는 듯 태산은 옆 카운터로 바로 다가가 도혜에게 인사했다.

"우리 미녀 사장님도 떼돈 벌길 빌겠습니다."

거기까진 괜찮았는데 다음 말이 도혜의 콧방귀를 유

발했다.

"형님만 아니면 좀 더 가까이 가고 싶은데, 그게 늘 아쉽네요."

진짜 웃기지도 않는 소리였다. 쥐콩만한 체구에 직업도 변변찮고 돈도 별로 없어 보이는 인간이… 차라리 노사장이 낫지. 그래도 잘만 꼬드기면 단골로 만들 수 있겠다 싶어 도혜는 상냥한 눈웃음을 지었다.

"귀한 발걸음 하셨는데, 저의 야심작 한번 드셔보실래요?"

도혜가 권한 건 자기 이름을 걸고 만드는 일명 차도혜 커피였다. 핸드드립으로 더욱 부드러운 커피라는 수식어가 붙은 시그니처 메뉴.

"고소하고 쌉싸름한 맛이 입안 가득 퍼질 거예요."

"여부가 있겠습니까? 당연히 마셔야죠."

아, 차도혜. 이름도 예쁘네요. 커피값도 4천 원밖에 안 하네. 싸다, 싸. 어수선하게 이어지는 태산의 멘트를 민구의 묵직한 음성이 잠재웠다.

"양 사장! 온 김에 토토도 한방 질러야지."

"예? 저 어떻게 할 줄 모르는데요."

"누군 처음부터 알았나. 알고 보면 간단해."

실랑이 끝에 태산은 야구 승부식에 2만 원을 베팅했다. 잘은 몰라도 기아가 삼성을 이길 거라면서. 잠시 뒤 테이블로 향하는 태산을 바라보며 민구는 고개를 가만가만 저었다. 하여튼 저 미워할 수 없는 캐릭터, 도혜한테 깝죽대지만 않으면 더 귀여울 텐데.

5분쯤 지났을 때 민구에게 문자메시지 한 통이 날아왔다. 발신자는 진오였다.

— 형님, 새 출발 축하합니다. 꼭 대박나세요.

조금 전 태산이 커피를 홀짝이며 누군가와 통화하는 것 같더니 그게 진오였나보다. 앙상한 손가락으로 한 글자 한 글자 썼을 진오를 떠올리던 민구는 뭉클한 기분이 들어 코끝을 찡그렸다. 나도 진솔한 마음을 담아 답신을 보내자.

— 세상에서 가장 큰 대박은 네가 쾌차하는 거다. 꼭 일어서길 기도하마.

태산과 진오의 응원 덕분인지 토토랑 커피랑은 첫날부터 장사가 잘됐다. 양쪽 출입문으로 손님들이 끊이지 않고 들어서는 통에 두 사람의 손은 잠시도 쉴 틈이 없었다.

토토만 찍거나 차만 마시는 손님이 많았지만 일명 교

차 손님도 적지 않았다. 토토를 연구하다가 커피 한 잔 곁들이는 사람도 있었고, 차를 마시다가 토토를 베팅하는 이도 심심찮게 눈에 띄었다. 오픈빨만은 아니었는지 하루 이틀 시간이 지나도 순풍은 지속됐다. 토토방은 로또 공백이 생각나지 않을 정도로 손님들의 발길이 이어졌는데 그 이유가 예전보다 깔끔해진 실내 때문만은 아닌 것 같았다. 복권방 시절에도 토토 매출이 로또를 앞서더니, 토토가 로또에 비해 가능성 있는 한방이란 인식이 커져가는 모양이었다.

커피집이 활기를 띤 데는 무엇보다 저렴한 가격이 크게 작용했다. 프랜차이즈 커피숍처럼 로얄티를 낼 일이 없는 데다 토토방과의 시너지 덕분에 자체 마진을 줄일 수 있어 가능한 일이었다. 대표 메뉴 차도혜 커피가 4천 원인 걸 비롯해 카푸치노나 카페라테, 바닐라라테가 3천 8백 원에 불과했고 생과일주스와 녹차, 생강차 등도 4천 원 언저리였다.

도혜의 미소도 한몫했다. 친절하고 밝은 그녀의 에너지는 커피 맛을 두 배, 세 배로 키우는 효과가 있었다. 토토 베팅하러 왔다가 커피를 한 잔 곁들이는 남자 손님이 점점 늘어나는 건 도혜 효과 말고는 달리 설명할 길이 없어 보였다.

이게 웬 복을 몰고 오는 소리?

커피집 흥행에 불을 지핀 건 소위 골든벨 소리였다. 오픈한 지 열흘째 되는 날, 푸른 눈의 이방인 리오가 토토방 손님들에게 커피 한 잔씩 쏘겠다며 우쭐댔다.

"사장님이 카톡 베팅해주신 덕분에 제 수입이 짭짤하거든요."

알고 보니 그는 전날 축구 기록 식에 베팅해 82만 원을 땄다. 최근 세 번 연속 베팅이 빗나가 30만 원을 잃었는데 그걸 단번에 만회하고 남았다는 것. 민구는 부러움 섞인 한마디를 웅얼거렸다. 하여튼 수덕 하나는 끝내주는 놈이란 말이야.

리오는 적중금을 계좌 이체로 받아도 되지만 토토방이 새 단장했다길래 들렀고, 들른 김에 기분 한번 내는 거라고 했다.

"10만원 긁을 테니 손님들 취향대로 주문받으시죠."

리오가 커피집 카운터에서 카드를 건네며 한 말이었다.

"지금 토토 손님이 일곱 명뿐이라 다 합해도 4만 원이 안 되는데요?"

"나머지 돈은 알아서 하십시오. 고기를 드시든 과자를 드시든."

"아효, 그럼 저야 고맙죠."

도혜가 싱긋 웃은 데 이어 조금 뒤 몇몇 손님이 땡큐,

땡큐 했다. 리오는 아예, 아예, 하며 손을 살짝 들어 올렸다. 팔목에 찬 원석 팔찌가 덩달아 흔들거렸다. 그다지 부담되지 않는 금액으로 폼 한번 잡고 나니 기분이 붕붕 뜨는 모양이었다.

며칠 뒤 또 한 명의 단골 베팅러가 골든벨을 울렸다. 근육질 팔뚝의 헬스트레이너. 몇 달 전 1등 같지 않은 1등을 맞았다고 투덜댔던 그가 오랜만에 한 건 올린 걸 자축하며 손님들에게 커피 한턱냈다. 그가 적중시킨 게임은 역시나 '축구토토 승무패'였는데 이번엔 14경기 중 1경기만 틀린 2등이었다.

토토방에 올 때까지 어떻게 참았을까. 그는 가뭄 끝 소나기처럼 시원하게 말을 쏟아냈다. 비록 2등이지만 적중금이 3백3십만 원으로 지난번 1등 같지 않은 1등보다 큰 금액이라는 둥, 그때 받은 짜증을 어느 정도 날려버렸다는 둥. 이번에 14경기를 전부 맞힌 사람이 한 명도 없어서 1등 당첨금이 이월됐는데 다음 번엔 꼭 1등을 맞히겠다고 큰소리도 쳤다. 14경기 승무패 배당이 100배가 넘으면 우리은행에서만 찾을 수 있다는 걸 알지만, 자기도 모르게 발걸음이 토토방으로 향했다나. 그는 커피 돌리는 값으로 5만 원을 냈다. 민구는 속으로 '애개, 5만 원? 82만 원 딴 리오도 10만 원이나 냈는데' 했지만 겉으론 "그렇지, 이런 게 바로 토토 찍는 맛이지" 하며 장단을 맞추었다.

또 다른 단골인 원조 쭈꾸미 집 사장도 골든벨까지는 아니지만 나름 기분을 냈다. 허구한 날 베팅이 빗나가 원조 루저라는 놀림까지 받던 그가 어느 날 야구 프로토로 20만 원을 땄다고 으스댔다. 이런 경사는 처음이네, 이제야 베팅 길이 보이네, 하던 그는 갑자기 "커피 두 잔 쏠 테니 두 분 사장님 드셔"라고 말했다. 그리곤 자기는 안 마셔도 된다며 지폐 오천 원권 한 장과 천 원짜리 세 장을 내고 갔다.

토토는 찍지 않지만 복권방 시절 맺은 인연으로 찾아오는 손님도 있었다. 대표적 인물이 미스터 뚝심이었다. 로또 1등보다 큰 2등의 주인공. 민구에게 사례비 39만 원을 건넨 사람.

"사장님! 오늘도 홍차로."

월요일 오후 다섯 시. 뚝심맨이 커피집에 들어서며 조금 큰 목소리로 주문했다.

"네에, 사장님."

테이블 의자에 앉아 쉬고 있던 도혜가 나긋한 톤으로 받았다.

"근데 오늘은 늦으셨네요?"

"점심때 친구 병문안 다녀오느라 한 시간 늦게 산에

올라갔어요."

뚝심맨의 단조로운 일상과 마이웨이 로또 베팅은 여전했다. '토토랑 커피랑'이 오픈한 지 사흘째 된 날, 한가한 틈을 타 그가 자신의 일상에 관해 들려주었다. 새벽 다섯 시에 일어나 국민체조를 하고 로또 용지에 여섯 개 번호를 표기한다. 오후에 수락산에 올라 야외 헬스장에서 땀을 흘린다. 그런 다음 향하는 곳이 복권방이다. 그런데 로또를 사는 복권방이 바뀌었다. 노다지 복권방이 없어진 바람에 한 블록 건너 드림 복권방에 다녀오는데, 걷기 운동을 더 많이 하게 돼 좋다고 했다. 21억 남짓한 큰돈을 안겨준 노다지 복권방 사장과의 인연을 끊으려야 끊을 수가 없다는 얘기도 이어졌다.

잠시 뒤, 홍차를 마시고 있는 그에게 민구가 모처럼 짬을 내 다가갔다.

"언제 한번 여쭤보려 했던 건데요."

맞은편 의자에 앉으며 건넨 말에 뚝심맨이 눈썹을 살짝 치켜떴다.

"지난번 당첨금으로 아드님 장학재단을 설립했다는 얘기 듣고 저, 엄청 감동받았거든요. 그런데 다음에 1등 맞으면 어떻게 하실 건지. 매번 똑같은 번호만 찍으시니 1등 당첨금이 몇백억은 될 텐데."

사실 그렇게 큰 대박을 맞는 건 번개를 맞은 사람이

나중에 더 큰 번개를 맞는 것만큼이나 희박한 일일 것이다. 하지만 잊지 않고 찾아오는 성의를 생각해 상상의 나래나 펼쳐보라고 슬쩍 판을 깔아준 거였다. 그가 홍차 한 모금을 또 마시더니 답했다.

"만일 그런 일이 일어난다면 장학재단을 하나 더 설립해야겠죠, 아주 크게. 나라를 지키다 순직한 국군 장병들의 유자녀들을 위해서 말이오."

역시나 평생을 군에 몸담은 사람다운 답변이었다. 그가 말을 이었다.

"지난번처럼 쏠쏠한 2등만 맞아도 돼요. 나 큰 욕심 없거든요."

쏠쏠한 2등을 노리는 게 큰 욕심이거든요. 민구는 그냥 소리 없이 웃었다. 그때 마침 토토 손님 한 명이 "여기요" 하며 투표용지를 흔들었다. 표기를 끝냈으니 투표권을 발행해달라는 뜻이리라.

민구가 제 자리로 돌아온 얼마 뒤 뚝심맨이 자리에서 일어섰다. 늘 그랬듯 토토방 벽에 붙은 '진인사대천명' 액자 앞으로 다가간다. 손날을 날렵하게 눈썹에 붙였다가 뗀다. 속으로 "충성!" 하고 외쳤을 것이다. 그리곤 문밖으로 사라진다. 어쩌면 뚝심맨이 여길 계속 찾는 건 저 액자 때문이 아닐까. 사람 간의 인연보다는 신념을 굳건히 다질 수 있는 저 문구의 힘이 더 크기 때문이 아닐까.

노다지 복권방과의 인연으로 치자면 뚝심맨보다 더하면 더했지 결코 덜 하지 않은 인물. 잿빛 수염과 올백 백발에 빛나는 거성도사가 나타난 건 다음 날 오후였다.

7개월 전엔가 '진인사 대천명' 글귀를 남긴 뒤로 그는 기억 저편으로 홀연히 사라졌다. 대박 계시가 더는 떠오르지 않아서인지 아니면 당시 연달아 꽝 맞은 게 창피해서인지 이후론 그림자조차 비추지 않았다. 그런 그가 토토방에 들어섰을 때 민구의 입에선 앗! 하는 탄성이 절로 흘러나왔다. 로또는 못 맞혀도 아무나 못 쓰는 훌륭한 문구를 일필휘지로 써준 도사님이 아닌가.

"어서 오십시오. 오랜만에 오셨네요."

카운터 밖으로 나와 인사하자 그가 수염을 스윽 쓰다듬었다.

"으흠, 노다지 사장님도 그동안 잘 계셨소?"

그 물음은 인사치레였는지 그는 바로 다른 걸 물었다.

"복권방은 이제 안 하나 봐?"

"그게 그렇게 됐습니다. 토토는 계속하고 로또 대신 커피 팔고 있습니다."

"거참, 모처럼 로또 찍으러 왔는데 헛걸음쳤네. 이번에 정말로 재물운과 성공운이 극대화되는 때를 잡았는데 말야. 할 수 없지 뭐, 다른 복권방으로 가는 수밖에."

민구는 왠지 죄지은 기분에 입술만 빼끔댔다. 그러다

가 입을 열었다.

"그래도 이왕 오신 거, 차나 한 잔하고 가시죠. 제가 대접하겠습니다."

사실 열 잔을 대접해도 아깝지 않은 인물이었다. '진인사 대천명' 액자 앞에서 충성을 다짐한 뚝심맨이 1등보다 큰 2등에 당첨됐고 그 덕분에 장사가 훨씬 잘된 걸 생각하면 말이다.

"흐음, 가게는 새로 꾸몄어도 걸작은 그 자리에 잘 있구먼."

커피집 테이블에 앉은 거성도사가 토토방 벽에 걸린 액자를 건너보며 말했다.

"아주 좋은 글을 써주셔서 늘 감사하고 있습니다."

그때 호출벨이 울렸고 민구가 직접 생강차가 놓인 사각 쟁반을 받아와 대령했다.

"저 처자는 동업자신가? 용모가 아주 고우시군. 노총각 마음이 싱숭생숭하겠어."

거성도사가 찻잔의 손잡이를 잡으며 한 말에 민구는 헉, 하고 숨을 삼켰다. 내가 노총각인 거 어떻게 알았지? 언제 얘기했었나? 거성도사가 다시 입을 열었다.

"근데 주인장은 몇 년 몇 월생이시오?"

"네? 그건 왜…."

"왜긴, 두 사람 애정 궁합 봐주려 그러지. 일단 음양의 조화로 봤을 때 관상 궁합은 잘 맞는 것 같아."

"오, 그렇습니까?"

솔깃해하는 민구에게 거성도사가 넌지시 물었다. 저 처자의 생년월일을 아시오? 당연히 알죠, 근로계약서 쓸 때 다 까거든요. 민구가 속삭이듯 답하자 거성도사가 눈을 가늘게 뜨며 엄지와 검지를 맞비비기 시작했다.

무오년 칠월 팔 일생에 편관격이라… 을축년 구월 십오 일생에 양인격이라… 작은 목소리로 웅얼대던 그가 감 잡았다는 듯 민구를 바라봤다.

"궁합이 아주 좋아. 남자에게 필요한 수(水)의 기운을 여자의 사주가 떠받치고 있어. 남자의 사주 덕분에 여자의 직업적인 일이 잘 풀리고 있고 말야."

왠지 딱 들어맞는 듯한 말에 민구가 눈을 희번덕거리자 거성도사가 흡족한 목소리로 이어 말했다.

"서로가 귀인이니 결혼하면 금상첨화야. 화목한 가정을 일굴 수 있겠어."

와우! 민구는 자리에서 벌떡 일어섰다. 당장 큰절을 올리고 싶었지만 주위 시선도 있고 해서 폴더 인사로 대신했다. 거성도사가 손을 내저으며 "아아, 절은 됐고"라더니 잠시 틈을 둔 뒤 덧붙였다.

"다른 거 없나. 다른 거…."

다른 거? 아하! 민구는 지갑에서 '신사임당'을 꺼내 거성도사에게 건넸다. 그것도 두 장이나. 거성도사가 웃음기를 애써 지우며 말했다.

"잘해봐요. 잘 될 거야."

"감사합니다, 도사님."

다시 한번 고개를 숙인 민구는, 그러나 그 순간 어쩐지 뒤통수가 따가웠다. 아니나 다를까, 뒤를 돌아보니 용모가 고우신 처자가 이쪽을 향해 '놀고들 있네' 하는 눈빛을 쏘아대고 있었다.

"사장님! 저 왔습니다."

인연하면 빼놓을 수 없는 청춘. 한번 들를 때가 됐는데, 했던 강토는 새해 1월 끝자락에 얼굴을 내밀었다.

"와아, 이게 누구야. 완전 딴사람이 돼서 왔네."

민구가 반갑게 손을 내밀자 세미 캐주얼 차림의 강토가 두 손으로 맞잡으며 허리를 굽혔다.

"그동안 기체후 일향 만강하셨는지요."

갑자기 웬 문안인사? 민구는 흐음, 목청을 가다듬었다.

"염려 덕분에 만수무강했네."

동시에 웃음이 터졌다. 단숨에 빗장이 해제됐다. 강토가 카운터 옆에 의자 하나를 끌어와 앉으면서 본격 토크쇼가 시작됐다. 민구가 손님을 상대하느라 가끔 끊어지긴 했지만 밀린 얘기를 나누는 데는 별 어려움이 없었다.

"석 달짜리 인턴이라며? 이제 정식사원 된 거야?"

"네, 어제 발령 났습니다. 근데, 놀라지 마세요. 제가 입사한 데가 어디냐면요, 토토 회사예요, 토토 회사."

"토토 회사?"

"정확히 말하면 스포츠토토의 수탁사업자죠. 인턴에서 탈락할까 봐 말씀 안 드렸는데, 사실 여기서 토토 알바한 경험이 입사하는 데 큰 도움이 됐습니다."

큰 도움이 됐다는 내용은 대강 이랬다. 강토는 토토와 연관된 자신의 스토리를 자기소개서에 그럴싸하게 녹여냈다. 이름부터가 강한 토토, 강토이니 회사와 운명적으로 연결돼 있는 게 틀림없다며 합격하면 이름값을 톡톡히 하겠다고 포부를 밝혔다. 복권방 알바를 (실제론 반년 정도지만) 1년 동안 하면서 토토와 로또를 팔았는데, 그런 간접경험 덕에 직무 이해도가 높은 편이고 기업 문화에도 잘 적응할 수 있다고 어필했다. 면접시험을 보는 자리에선 손님의 베팅을 도와준 사례를 얘기하기도 했다.

"손님 베팅을 도와준 사례?"

"어느 날 한 손님이 배당률 50배에 5만 원을 베팅한 투표용지를 내밀었어요. 적중하면 250만 원을 받는거죠. 그런데 당첨금이 200만 원을 넘으면 배당률과 상관없이 무조건 세금을 떼잖아요. 그럴 땐 2만 5천 원씩 나눠서 두 번 베팅하면 된다, 당첨금이 125만 원밖에 안 되니 세금

떼일 일이 없다고 조언했죠. 그러자 손님이 고맙다면서 제 말대로 두 번에 걸쳐 베팅했죠. 그 얘기를 들은 면접관들이 하나같이 고개를 끄덕이더라고요."

"하여튼 머리는 좋아. 언제 그런 걸 다 캐치했대?"

강토는 인턴이 된 직후 회사 근처 원룸으로 거처를 옮겼다. 그렇게 출퇴근에 허비되는 시간을 줄이며 인턴 업무에 매진한 끝에 정규직 사원이 됐다. 지금은 말단 영업직이지만 연차가 쌓이면 불법 베팅 현장을 적발하는 암행감찰관 역할을 맡을 수 있다고 했다. 그리되면 특별히 이 토토방은 봐 드리겠다고 넉살을 떨던 강토가 "그리고요" 하더니 잠시 숨을 골랐다.

"제가 예전에 공짜 베팅한 거 다 눈감아 주시고 나갈 때 한 달 치 월급까지 더 주신 거 너무…."

민구가 그의 말을 급히 막았다.

"다 지난 얘긴데 뭘. 난 네가 이렇게 번듯한 직장인이 됐다는 게 너무 좋다."

"아닙니다. 너무 죄송하고 감사했습니다."

강토는 뒤이어 L자형 테이블의 빈자리로 갔다. 여기도 오랜만에 앉네. 혼잣말처럼 중얼대고는 투표용지 한 장을 꺼내 표기를 하기 시작했다.

"아스널이 뉴캐슬한테 2대1로 이긴다고 찍었어요. 적중하면 75만 원이에요."

잠시 뒤 그가 오만 원권 두 장과 함께 투표용지를 내밀며 말했다. 민구의 입에서 자연스레 농담 한마디가 흘러나왔다.

"토토 회사 직원이 토토 찍으면, 그건 사행심이냐, 애사심이냐?"

강토의 대답 첫 마디는 "사행심도 아니고 애사심도 아니고"였다.

"은혜를 갚는 마음이죠. 그거, 사장님께 드리는 마음의 선물입니다."

"마음의 선물?"

"맞으면 사장님이 75만 원 다 가지세요."

"내가 다? 그럼 제법 큰 선물이네, 와."

민구는 일부러 입을 벌렸다가 바로 되물었다.

"빗나가면 아무것도 아니네? 선물이 바로 꽝 되는 거네?"

"그렇긴 하지만, 에이, 맞을 겁니다. 제가 요즘 촉이 좋거든요."

촉이 좋으면 너도 한 장 사지 그래? 민구의 표정을 읽은 듯 강토가 덧붙였다.

"저는 오늘 아침에 회사 앞 단골 토토방에서 샀어요. 사장님 뵈러 오는 길에 이 선물을 드려야겠다는 생각이 퍼뜩 든 거예요."

민구는 어쩐지 그의 베팅이 적중할 것 같다는 예감이 들었다. 75만 원 찾아서 뭐 하지? 거하게 술을 살까, 폼나게 새 양복을 맞춰줄까? 아니면 75만 원어치가 베팅된 투표권 여러 장을 안겨줄까? 뭐가 됐든, 전 직장 사장의 품격이 있지, 더 큰 선물로 되돌려줘야겠다고 마음먹었다.

애증+남녀

너무 적어. 불공평해. 재주는 곰이 부리고 돈은 딴 놈이 먹는다더니 딱 그짝이야.

오픈 석 달째로 접어들면서 도혜의 입이 튀어나오기 시작했다. 커피집 장사는 그런대로 잘 되지만 챙기는 몫이 개미 똥구멍만큼도 되지 않는 게 불만이었다.

오전 11시부터 밤 9시까지 하루에 10시간 일하면 이건 혹사나 다름없다. 일요일은 쉰다지만 낮잠 몇 시간으로 피로를 풀기엔 턱없이 부족하다. 그렇게 고생을 하고도 한 달 수입의 60프로밖에 못 가져간다니.

뭐? 커피집 사장에 맞는 합당한 대우? 지금 생각해 보면 립서비스에 불과한 헛소리였다. 엄밀히 말해 나는 사장도 아니다. 늙다리 노총각, 노민구 밑에서 일하는 피고용인일 뿐이다. 물론 창업비용을 노 사장이 다 댄 거 안다. 투자한 만큼 뽑아먹는 게 자본주의 생리란 것도 모르는 바 아니다. 하지만 해도 너무하지 않는가. 누구는 영업미소 지어가며 뼈 빠지게 일하고 있는데 누구는 토토 나부랭이나 팔면서 손님들과 노닥거리기나 하고. 그러면서 때 되면 따박따박 돈 챙겨가니 뿔이 안 나려야 안 날 수가 없다.

이럴 줄 알았으면 애초에 더 세게 부를걸. 6대4가 아니라 7대3 아니면 안 한다고 할걸. 아니, 8대2까지 부르면서 빼팅겨 볼걸. 어차피 저 인간은 나한테 홀딱 빠져 있던 터라 군말 없이 받아들였을 텐데. 지금도 보라지. 어떡하든 제 여자로 만들고 싶어 환장한 저 눈빛을. 하이고, 어쩌면 좋아. 일전에도 거성도사인지 뭔지 하는 돌팔이가 봐준 점괘에 신이 나서는 복채를 건네질 않나 폴더인사를 하질 않나 난리도 아니더만.

한마디로 어림 반 푼어치도 없는 소리다. 우아한 미모와 스마트한 두뇌의 소유자인 내가, 나이가 좀 찼다는 거 말고는 흠이라곤 찾아볼 데 없는 내가, 어떻게 노민구 같은 평민한테 안길 수 있단 말인가.

물론 그에게도 괜찮은 구석은 있다. 안정적 수입을 올리는 토토방 주인인 데다 모아놓은 돈도 꽤 되는 것 같다.

성격도 그만하면 모나지 않고 원만한 편이다. 그런 점들이 다소 꺼벙해 보이는 외모를 덮어주고 있긴 하다.

하지만 난 아직도 믿고 있다. 재력 좋고 용모 준수한 왕자님이 머지않아 나타날 거라고. 안 그래도 몇몇 남자 손님이 이 세상 커피 중에서 차도혜 커피가 제일 맛있다는 둥, 사장님 미소가 커피보다 따뜻하다는 둥, 하도 동안이라 서른 살도 안 되는 줄 알았다는 둥 온갖 플러팅을 해오는 중이다. 건물주인 박 사장은 대놓고 자기 아들을 입에 올린다. 학벌 좋고 키 훤칠하고 재력은 말할 것도 없고. 그 얘기 들으면 나도 혹하긴 한다. 애 딸린 돌싱이란 게 맘에 걸리긴 하지만.

자, 상황이 이런데 내가 꿀릴 게 뭐 있나. 불합리한 이 구도를 개선하지 않고선 여기 더 있을 하등의 이유가 없는 것이다.

도혜는 보슬비가 보슬보슬 내리던 날 노 사장에게 담판을 신청했다. 계약을 통째로 뜯어고칠 순 없어도 추가 조항이라고 새 조건을 들이밀면 바로 먹힐 것 같았다. 만일 뜻대로 안 되면 토토랑 커피랑의 환상케미인지 환장케미인지 미련없이 쫑낼 생각이었다.

✤

보나 마나 돈 더 달라는 소리겠지. 장사가 좀 된다 싶으니까 욕심을 넘어 탐욕을 부리는 거겠지.

민구는 도혜가 면담을 요청했을 때 감으로 알아챘다. 이 여우가 또 꾀를 짜냈구나. 천재적 잔머리를 기어이 발동시켰어. 하지만 계약서라는 게 엄연히 있으니 겁먹을 거 하나도 없다. 그런 생각으로 그녀의 면담 요청을 군말 없이 받아들였다.

돌아보면 너무 끌려다녔다. 우아한 비주얼과 섹시한 두뇌에 반해 퍼주다시피 돈을 내줬다. 성공보수랍시고 5백만 원을 부르기에 알바 자리를 덤으로 얹어 지급했고 반반만 해도 될 수입 배분 비율을 6대4로 해주었다. 창업 비용은 내가 다 댔고 그녀는 1원 한 푼 내지 않았는데 말이다.

모든 게 헛짓이었다. 때에 절은 이불 쥐어뜯고 자는 노총각 신세를 면해 보려고 갖은 아양을 떨었지만 그녀의 마음은 굳게 닫힌 성문처럼 좀체 열리지 않았다. 선을 딱 그어놓고 한 발짝도 넘어오지 않는 모습이 어찌나 야속하던지 원팀이고 뭐고 다 때려치우고 싶은 마음 굴뚝 같다. 일전에도 거성도사가 봐준 애정궁합에 취해 있는 나를 향해 한심하다는 눈빛이나 쏘아대던 그녀다. 물론 사업적으론 훌륭한 파트너임에 틀림없다. 힘든 거 내색 않고 커피 내리는 거 나도 알고 있다. 열심히 일한 덕에 생각보다 큰 수입이 나고 있다는 점도 인정한다. 하지만 여기서 물러서면 벼랑 끝으로 몰린다. 계속 오냐 오냐 받아주었다간 아예 간떵이를 빼먹으려 들 거다. 어차피 로또를 반납한 마당에 그녀의 아버지를 우리 아버지인 양 내세울 일도 없다. 더는 아쉬울 게 없는 만큼 당당하게 맞서야 한다.

그만 쫑 내자고 배짱 튀기면? 쳇, 그러라 그러지. 제아무리 날고 긴다 한들 여길 벗어나면 손가락이나 빨아댈걸? 예전 찻집도 홀랑 말아먹은 그녀 아닌가. 이 커피집은 토토 시너지 덕분에 장사가 된다는 거 누구보다 잘 알고 있을 거다. 그럼에도 나간다고 하면 어쩔 수 없는 거지만….

안 그래도 골목 건너편에 새로 오픈한 꽃집 여사장이 눈에 밟히는 요즘이다. 마흔 살 넘은 노처녀라던데 나이만 따지면 훨씬 편하게 다가갈 수 있다. 도혜에 비해 외모가 좀 떨어지긴 해도 그깟 얼굴 뜯어먹고 살 것도 아니지 않는가. 정성스레 꽃을 가꾸듯 남자에 대한 배려심도 깊고 따뜻하겠지. 언제 한번 꽃 한 다발 사며 말문을 터보리라 기회를 엿보는 중이다.

민구는 경계의 날을 바짝 세웠다. 도혜가 어떤 술수를

부려도 넘어가지 말자. 미인계까지 써가며 감춰뒀던 필살 애교를 작렬한다 해도 절대 흔들리지 말자. 환상케미가 환장케미가 돼도 좋다. 괜한 입맛 다시며 도혜에게 약한 모습 보였다간 모든 게 꽝이다, 꽝꽝꽝.

두 남녀의 담판이 벌어졌다. 커피집 영업이 끝난 밤 9시였다. 토토방 영업은 한 시간 남았지만 사안의 중대성을 감안해 일찍 문을 닫았다. 그만큼 시작 전부터 팽팽한 긴장감이 감돌았다. 예전 협상과 달라진 게 있다면 그때는 복권방 원탁에 믹스커피를 놓고 했지만 지금은 커피집의 널찍한 4인용 테이블에 앉아 아이스라테를 마시며 한다는 것이었다.

도혜가 먼저 입을 열었다.

"단도직입적으로 말할게요. 알바생 하나 쓰죠."

"알바생을요?"

"네. 오후 5시부터 9시까지 하루 네시간만."

도혜의 1단계 작전이었다. 알바생 얘기를 꺼냈는데 곤란하다는 반응이 오면 그만큼 돈을 더 달라고 할 작정이었다. 사실 알바생을 쓸 정도로 일이 엄청 고된 건 아니다. 내 몫을 더 챙기면 불만 삭이고 해 나갈 수 있는 일이다. 민구가 움찔한 틈을 타 도혜는 재빨리 덧붙였다.

"저 힘들어 못 해 먹겠어요. 매일 중노동 하는 거 옆에서 보면 모르겠어요?"

"그 정도로 힘든가? 뭐, 그렇다 쳐도 알바생 쓰는 건 계약서에 없는 조항인데."

그 말에 도혜는 2단계 카드를 던졌다.

"계약에는 긴급 추가조항이란 것도 있어요. 잘 모르시나 본데, 계약을 이행하다 보면 예상치 못했던 상황이 발생해 새로운 조건이나 내용을 추가로 맺기도 하거든요."

생각해 낸 잔꾀가 이거였어? 누굴 바보로 아는 모양이네. 민구는 화를 삼키며 대응했다.

"그러니까 알바생 쓰는 게 긴급 추가조항이다, 이거예요?"

"그렇죠. 이해력이 빠르시네. 역시 머리는 좋으셔."

도혜는 칭찬 한마디 곁들이면 그가 살살 녹을 줄 알았다. 늘 그래왔으니까. 하지만 생각지도 못한 반격이 날아올 줄이야.

"근데 알바생을 쓰면 수입이 줄어들고 도혜 씨 몫도 줄어들텐데, 이거 어쩌죠?"

"제, 제 몫이 주, 준다고요?"

도혜는 저도 모르게 말을 더듬거렸다. 알바생 쓰지 않고 계속 수고해 주시면 조금 더 드릴게요. 뭐 이럴 줄 알았는데 시나리오가 완전히 빗나갔다.

"당연하죠. 알바 월급 주고 나면 도혜 씨나 나나 챙기는 게 엄청 줄어들겠죠. 그래도 괜찮겠어요?"

"그, 그렇지만… 알바생 월급은 사장님이 빼면 안 되나요? 순수입은 적어도 둘이 나누는 거니까… 알바생은 그냥 열심히 일해야 되는 거니까…." 가만히나 있을걸, 정신줄 붙잡겠다고 건넨 말이 배배 꼬이고 말았다. 횡설수설, 자기가 해놓고도 무슨 말인지 몰랐다.

그런 도혜를 보며 민구는 희미한 비웃음을 머금었다. 한때 이 여자의 약삭빠른 계산속을 매력 포인트로 여기던 때도 있었다. 똑똑하고 지혜롭다고 말이다. 그땐 정말이지 콩깍지가 단단히 씌었다마는….

"거 말도 안 되는 소리 하지 말고 계약서대로 합시다. 1년짜리 계약서를 썼으면 그 기간만큼은 충실히 이행해야 할 의무가 있는 거 아닙니까? 내가 하고 싶은 말은 그겁니다."

민구는 아이스라테 뚜껑을 열어 쭈욱 들이켰다. 잘 질렀다. 속이 다 시원하다.

"계약서대로 하기 싫으면 그만두시던가요."

컵을 내려놓으며 한 발 더 나갔다. 그래 놓고 아차 싶었다. 이 말까지 굳이 했어야 했나? 너무 나간 거 아닐까? 하지만 죽고자 하면 살고, 살고자 하면 죽는다는 말도 있지 않은가. 끝까지 당당해야 상대의 기를 꺾을 수 있다. 근데 진짜 그만둔다고 하면 어쩌지? 아아, 그건 아닌데. 이 여자를 그렇게 놓칠 수는 없는데. 민구의 머릿속이 복잡하게 돌아갈 때 도혜가 기운 빠진 목소리로 중얼댔다.

"인풋 대비 아웃풋이 너무 적어요. 그래서 그래요."

갑자기 영어 쓰면 몸값이 올라가나. 그깟 거 내가 해석해 보리?

"노력 대비 결과가 신통치 않다, 뭐 이거예요?"

도혜가 눈을 내리깔며 그거죠, 라고 웅얼댔다. 순간 민구가 테이블을 탁 친 건 회심의 한방을 날리기 위해서였다.

"그러니까!"

극적 효과를 노려 한 템포 쉬는 것도 잊지 않았다.

"니돈 내돈 하자구요!"

"네? 그게 무슨 말?"

"니돈 내돈. 니돈이 내돈이고 내돈이 니돈하는 사이가 되자고요."

도혜가 또 말을 더듬었다.

"지… 지금 저, 저한테 처, 청혼하신 거예요?"

"그래요. 이것저것 따지지 말고 힘을 합쳐 열심히 살아보자고요."

대체 이게 무슨 전개야? 잠시 어리둥절해하던 도혜는 판이 묘하게 흘러간다는 기분에 사로잡혔다. 천하의 차도혜가 이 평민한테 넘어간다고? 말도 안 돼. 그런데 또 웃기는 게, 되든 안 되든 자기 마음을 대놓고 표현한 게 일견 멋지고 당당해 보인다는 거였다. 그동안 설설 기는 모습만 봐서 그랬나? 어쨌든 더는 '흥, 놀고 있네'라고 눈을 흘길 수 없었다. 승부수를 띄웠다가 역공에 휘말린 자신을 탓할 기분도 일지 않았다. 나, 지쳤나 봐. 일에 지치고 돈에 지치고 외로움에 지치고….

기가 눌린 도혜가 한참 만에 떠올린 말은 '생각 좀 해볼게요'였다. 그 말조차도 한 번에 뱉을 자신이 없어 "저기요"하고 일단 숨을 골랐다. 민구의 휴대폰 벨이 울린 건 그때였다.

"어 그래, 태산아. 이 밤에 무슨 일이냐?"

"저기요."

여기도 저기요, 저기도 저기요. 민구는 살짝 짜증이 났다.

"뭔데? 왜 그러는데?"

그제야 제대로 귀를 파고드는 태산의 목소리.

"진오형 돌아가셨어요. 방금 요양병원에서 연락 왔네요."

민구의 입이 꾹 다물어졌다. 두 눈이 저절로 감겼다. 결국 갔구나. 몇 달 전 요양병원에서 봤던 진오의 모습이 머릿속을 맴돌았다. 앙상한 몸집을 감싼 파란 눈꽃 환자복… 반밖에 못 드려 죄송하다며 이체를 하던 손가락… 그거라도 빨리 주기를 바랐던 자신의 속내까지 함께 떠올라 쓴웃음이 비어져 나왔다.

"형님, 저 지금 태안 내려갈 건데, 같이 못 가시죠?"

"으응, 난 장사 때문에. 미안하다."

민구는 한마디 급히 덧붙였다.

"네 계좌로 돈 보낼 테니 조의금 좀 내줘라. 계좌번호는 문자로 찍어주고." "네, 알겠습니다. 그럼 다녀올게요."

얼마가 좋을까? 민구는 잠시 조의금 액수를 고민해 보았다. 음, 그때 진오한테 받은 게 5억이니까… 50만 원이 적당하겠다.

민구는 휴대폰을 주머니에 넣은 뒤 도혜를 다시 쳐다봤다. 평소의 도도한 자태는 어디다 팔아먹고 잔뜩 움츠러든 모습이 우습기도 하고 짠하기도 했다. 그래도 마음 약해져선 안 된다. 차도혜는 결코 시들지 않는다. 그녀가 아까 뱉었던 "저기요" 다음에 무슨 말이 나올지도 뻔하다. 생각 좀 해볼게요, 뭐 이러겠지. 청혼했다고 단번에 받아들일 여자가 절대 아니지.

민구는 마음을 단단히 붙들어 맸다. 니돈 내돈 하며 포문을 열었지만 이 공방이 간단히 끝날 리 없다. 호흡을 길게 가져가야겠구나….

그건 도혜도 마찬가지였다. 이 남자의 새로운 면모를

보긴 했지만, 못 이기는 척 이 남자에게 안길까 하는 생각도 얼핏 들었지만, 아무리 그래도 쉽사리 마음을 내줄 수는 없었다. 결혼에 대한 확신이 설 때까지 한 발 한 발 신중히 내디뎌봐야겠다….

애증 남녀의 수싸움은 그렇게 탐색이 좀더 이어질 듯 보였다.

안+돼, 다시+내려

연안부두를 떠난 배가 진초록빛 물살을 가르며 나아갔다. 얼굴을 스치는 바닷바람이 꽤 차가웠지만 그런대로 견딜만했다. 어디선가 끼룩끼룩 소리가 들리는가 싶더니 갈매기 몇 마리가 날갯짓을 하며 공중으로 솟아 올랐다.

태산은 하얀 면장갑을 낀 손을 유골함에 넣었다. 진오형의 유골분이 담긴 사기 재질의 함이었다. 골분 한 줌을 집어 갑판 한쪽에 설치된 사각통에 넣자 골분이 플라스틱 파이프를 타고 내려가 바다에 뿌려졌다.

목소리가 가느다랗게 떨린 건 차가운 바람 때문만은 아니었다. 고인을 마지막으로 떠나보내는 참이라 그런 걸 거라고 태산은 생각했다.

"잘 가, 형. 많이 보고 싶을 거예요."

사채로 번 돈을 바카라로 크게 불렸다가 결국 바카라로 다 털리고. 대리운전하며 근근이 살아가던 중 로또 1등 대박을 맞았지만, 떵떵거릴 만하니까 불쑥 찾아온 죽음의 그림자. 빈손으로 왔다가 빈손으로 가는 게 인생이라지만 참으로 안쓰럽고 허망한 삶이 아닐 수 없었다. 한편으론 더없이 고마운 사람이기도 했다. 그동안 뽀찌 떼어준 돈도 많은 데 그가 남긴 5억 유산도 곧 태산 계좌에 들어오니 말이다.

바다장 얘기가 나온 건 지난달 중순께 진오 형과 함께 태안 앞바다를 찾았을 때였다. 차가운 겨울바람 때문에 휠체어 산책은 못 하고 차 안에서 바깥 풍경을 바라보던 그가 "부탁이 있는데" 하며 입을 열었다.

"나 죽으면 유골을 바다에 좀 뿌려줘라."

"바다에? 저 바다에?"

"으응, 모든 생명의 근원이 바다라는 말이 있잖니. 나 그냥 자연으로 돌아가고 싶어서 그래."

"오오, 그렇게 깊은 뜻이?"

자못 비장하기까지 한 그의 말을 농담 투로 누그러뜨렸더니 그가 곧바로 "그게 아니라" 하며 고개를 흔들었다.

"사실은 우리 아들이 아빠가 바다에서 죽은 줄 알고 있다길래. 아들놈 기억 속에 그렇게라도 살아있어야지."

"아… 그래요, 알았어요."

어쩌면 그게 제일 나은 길일 듯싶었다. 유골을 납골당에 안치해 봐야 누가 찾아가겠는가. 어쩌다 한두 번이라면 모를까, 태산 자신이나 진오 형의 전처나 여동생네 식구들이나 얼마 안 가 발길을 끊을 게 뻔하다.

"말 나온 김에 진숙이한테도 얘기해야겠다."

"그래요, 여동생 분하고 같이 움직일게요."

다음날 해양 장례 업체에 알아보니 유골을 아무 데나 뿌릴 수 있는 게 아니었다. 부산과 인천 앞바다만 가능했다. 업체 전용 선박을 타고 해안선에서 5킬로 떨어진 곳으로 나가 정해진 부표 주변에 골분을 뿌리는 방식이었다.

발인식 날 태산은 진오 형의 여동생네 식구들을 따라 장례 버스에 올랐다. 화장터에서 화장된 고인의 유골분은 유골함에 담겨 연안부두로 옮겨졌다. 연안부두엔 대양호라는 이름의 추모 선박이 직원 세 명을 태운 채 대기하고 있었다.

맨 먼저 여동생이 나섰다. "잘 가 오빠. 엄마 아빠 곁에서 편히 쉬어." 뒤이어 그녀의 남편과 아들이 골분을 뿌렸다. "잘 가요 형님." "외삼촌 안녕히 가세요."

마지막이 태산 차례였다. "많이 보고 싶을 거예요"라고 말한 건 다분히 주위 사람들을 의식해서였다. 그다음부턴 속으로 뇌까렸다.

한 줌 재로 떠나는 형을 보니 모든 게 부질없네. 결국 빈손으로 가는 인생, 뭘 그리 아등바등댔는지 나도 후회가 많이 되네요. 돈 몇 푼 더 먹겠다고 생쑈를 하던 꼬라지가 이제 보니 우습기 짝이 없어. 아무튼 잘 가슈. 다음 생엔 부디 돈 걱정 없는 부잣집에서 태어나시길….

해양장이 끝나고 대양호는 부두로 뱃머리를 돌렸다. 다들 쌀쌀한 바람을 피해 선실로 돌아갔지만 태산은 좀 더 갑판에 머물렀다. 진오형을 떠나보낸 여운이 짙게 남아서…라기보다는 남몰래 확인할 게 있었다. 바로 비트코인 시세였다.

휴대폰 앱을 연 순간 태산의 입에서 튀어나온 건 육두문자였다.

"씨발, 뭐야. 왜 이래?"

아까 연안부두를 떠나올 때도 선실에서 슬쩍 봤었다. 그땐 4,800만 원 선이었다. 그런데 고작 한 시간도 안 돼 20프로나 폭등한 5,760만 원이라니. 그동안 투자한 비트코인의 가치가 폭등했으니 웃음이 나야 하지만 태산에겐 그러지 못하는 이유가 있었다.

한때 5천만 원을 넘었던 비트코인이 4,800만 원대로 내려앉은 뒤 횡보를 거듭한 게 벌써 두 달째다. 조금만 더 옆으로 기어라. 조금만 더. 태산은 진오가 남긴 유산 5억이 들어오면 비트코인에 다 때려 박으려고 벼르고 있었다. 지금껏 투자한 돈의 10배도 넘는 돈이니 진짜 투자는 그때부터라고 할 수 있었다. 그런데 이게 뭔가. 거대 자금을 투입하기 바로 직전에 이렇게 사람 속을 뒤집어놓다니.

"아, 씨발. 오르지 마!"

"다시 내려, 내리라고!"

태산의 애타는 마음이 허연 입김으로 연신 뿜어져 나왔다. 그러는 사이 시세는 좀 더 올라 5,780만 원이 되었다. 어디선가 끼룩끼룩 소리가 들리는가 싶더니 갈매기 몇 마리가 날갯짓을 하며 부서지는 파도 위로 날아올랐다.

작가의 말

장편소설을 꼭 써보고 싶었습니다.

몇해 전 머니투데이 경제신춘문예에 덜컥 당선된 뒤 욕심이 커졌다고나 할까요.

소설 수업을 꾸준히 들으며 많이 쓰고 많이 읽다보니 어찌어찌 목표에 이르긴 했지만, 진한 아쉬움이 남는 것 또한 사실입니다. 좀 더 재미있게, 보다 현실감 있게 묘사할 수는 없었을까…. 그동안 저의 일상을 묵직하게 지배했던 이 소설에게 고마움을 전하는 걸로 아쉬움을 덮고자 합니다.

로또에 꽂혔다거나 토토나 카지노를 즐기기 때문에

이 소설을 쓴 건 아니었습니다. 순전히 인맥 덕분이었습니다. 톡톡 튀고 흥미있는 이야깃거리 어디 없나, 두리번거리던 저의 뇌리에 어느날 번쩍 하고 떠오른 친구. 경기도 동두천에서 복권방을 운영하는 그 친구 덕분에 소설 작업을 시작할 수 있었습니다.

그동안 친구네 복권방을 찾아가기를 수십 번. 축낸 믹스커피만도 수백 잔은 될 것입니다. 친구는 그런 저에게 잘 써봐, 잘 써봐, 하며 자신의 경험담과 복권방 손님들의 다양한 서사까지 소상히 들려주었습니다.

친구 덕분에 저는 튀는 얘기를 쓰려고 잘 알지도 못하는 사람과 안면을 트고 통사정을 하고 밀착 취재를 해야 하는 고생을 하지 않아도 됐습니다. 의자에 다리를 꼬고 앉는 등 편한 자세로 얘기를 받아 적을 수 있었고 덤으로 복권방 손님들의 다채로운 말과 표정, 손짓 발짓까지 유심히 관찰할 수 있었습니다.

그렇게 얻은 생생한 재료들을 맛있게 요리했는지는 확신이 서질 않습니다. 현장에서 듣고 본 사람들의 희로애락과 우리 시대 일확천금 풍조를 소설에 잘 반영했는지도 자신할 수 없습니다.

한 가지 분명한 건 있습니다. 선하기도 비열하기도 강하기도 연약하기도 한 인간의 다양한 내면을 어떻게든 작품 속에 녹여보려 했다는 것. 그 욕심 때문에 쓰고 고치고 쓰고 고치고 퇴고를 수도 없이 거듭했다는 사실입니다. 이 소설을 그런 고통과 고뇌의 산물로 봐주시면 더없이 감사하겠습니다.

많은 분들이 도움을 주셨습니다.

우선은 복권방 주인 친구에게 큰절이라도 하고 싶은 마음입니다. 포기하지 말고 계속 쓰라고 격려와 응원을 보내준 모든 친구들과 동료 선후배들에게 고마움을 전합니다. 언제나 충만한 믿음으로 바라봐주는 아내와 딸이 없었다면 이 소설을 쓸 수 없었을 것입니다. 주예수 이름으로 사랑합니다.

독자 여러분께도 진심으로 감사드리며 앞으로 더 알차고 재밌는 작품으로 보답하겠습니다.

성리현.

별 따는 복권방

1쇄 발행 2025년 1월 31일

지은이 성리현

편집 강혜주, 정다인, 이설
디자인 김기현

펴낸이 박혜영
펴낸곳 문학순간
주소 서울시 은평구 서오릉로 253 102동 702호(03424)
등록번호 제2021-000072호
전화 010-5298-0631
이메일 amubooks@naver.com
인스타그램 @amubooks
홈페이지 amubooks.modoo.at

ISBN 979-11-989918-1-2 (03810)

*문학순간은 아무책방의 픽션 전문 출간 브랜드입니다.